Santiago Lorenzo
Los millones

Diseño de colección y cubierta: Setanta
www.setanta.es
© de la ilustración de cubierta: Gorka Olmo
© de la fotografía del autor: Cecilia Díaz Betz

© del texto: Santiago Lorenzo
© de la edición: Blackie Books S.L.U.
Calle Església, 4-10
08024, Barcelona
www.blackiebooks.org
info@blackiebooks.org

Maquetación: David Anglès
Impresión: Liberdúplex
Impreso en España

Primera edición en esta colección: enero de 2019
Segunda edición en esta colección: febrero de 2019
ISBN: 978-84-17552-03-9
Depósito legal: B 18829-2018

Marzo de 1986.
A uno del GRAPO
le tocan doscientos millones de pesetas
en la Lotería Primitiva.
No puede cobrar el premio
porque no tiene DNI.

I

La cárcel de Palencia se llama La Moraleja. El nombre le hacía mucha gracia a Francisco García. El resto de reclusos no entendía el chiste, porque ninguno era de Madrid. La Moraleja es uno de los barrios más postineros de la capital.

Hacía tres semanas que la sala de Modelismo Ferroviario de la prisión albergaba la exposición «En-Cárcel-Arte 88». La componían treinta y dos cuadros realizados con todo tipo de material escolar (ceras, Plastidecor, rotuladores gordos y finos, témperas Pelikán, etc.). Malos a rabiar, parecían reírse de tantos cumplidos que recibían de los visitantes, destinados a que los presos se animaran, recobraran sus puntos de autoestima y sopesaran la posibilidad de dejar de delinquir.

Había un solo óleo en la exposición. Era distinto a todos. El cuadro representaba un reloj de pared, con sus agujas marcando las doce y siete, y debía de ser obra de algún recluso que se figuraba así sus días: a tiempo parado. Ocurría con el lienzo lo que a veces ocurre con cierta obra plástica de aficionados que se encuentra por bares, por domicilios particulares, por entidades de gestión: que la pintura, tras una pésima ejecución de manual, muestra la impronta de un espíritu derruido, que lame a pincel sin vigor alguno y que, plasmando así su cansancio desmochado, retrata la desesperación con cruda verdad. Con más exactitud, en definitiva, que el espabilado que durmió a pierna suelta, desayunó bien, se puso frente al caballete en soleado estudio y trazó con desparpajo su ejercicio de simulada angustia.

El tío del reloj de manecillas inmóviles no estaba para explosiones de ánimo, y pintó un cuadro desmotivado que lo mismo daba acabar que empezar de nuevo. Retrató un objeto que no estaba en ningún sitio, como si el propio autor tampoco estuviera en lugar alguno. Un homenaje al aburrimiento que al producir tanta lástima resultaba emocionalmente mucho más eficaz que tanta obra expuesta en galería. El pintor había escrito la marca Exactus en la esfera y había titulado *Sin título* a su cuadro, que ni para denominar *Reloj* a su pintura reunió ganas.

La idea de utilizar el infinitivo con pronombre para traer la palabra «arte» a la denominación de la exposición, con ser una baratez, había sido muy aplaudida entre los miembros de la dirección gestora. Pero los cuadros le daban igual a todos los internos. *Sin título*, sin embargo, fascinaba a Francisco. Quien hoy, treinta y uno de julio de 1988, tenía en vilo a los dieciocho reclusos que ocupaban la sala. A las 16:56 horas, Francisco se disponía a enchufar a red la toma de corriente general de la inmensa maqueta a escala 1:87, casi como el año en curso, que los inscritos en el Taller de Modelismo Ferroviario habían construido durante los ocho últimos meses.

Hoy estaba lista para su primer rodaje. Por aparente afán de exactitud, Francisco hizo tiempo con excusas tontas hasta que dieran las cinco en punto en su Casio de plástico: miró el óleo, comprobó que el mando estaba a cero, supuso un inaudible tic tac al Exactus, se fue al enchufe de la pared, insertó el macho, volvió a la maqueta y acarició el transformador general.

—¿Vamos o no vamos? —preguntó un preso que tenía ganas de ver biela en movimiento.

—Todavía no. Se tienen que asentar las vías —mintió Francisco—. A en punto la ponemos.

2

Dos años y medio atrás, el quince de febrero de 1986, Francisco había cumplido los veintisiete. Ya llevaba dieciséis meses bajando todas las mañanas a las siete al bar CoyFer, como antes había acudido cada día al bar Tembleque, de la Puerta del Ángel, y antes al bar Reno, en Nueva Numancia. Siempre para hacer lo mismo.

Se colocaba en la barra del bar, a la altura de una baldosa con la esquina partida, y pedía un café con leche en vaso de caña con las palabras justas. Luego, con toda discreción, palpaba bajo el mostrador. Si no había tres chicles pegados, no pasaba nada. El día que sí los hubiera, sin embargo, tendría que ir a la papelera que había enfrente del CoyFer y hurgar un poco. Allí encontraría el material explosivo y las instrucciones precisas sobre cuándo, cómo, dónde y con qué fin habría de llevar a cabo aún no sabía qué acción. Sería su primera intervención directa tras años de fisgar bajo los tableros de aglomerado de los bares de Madrid. Hoy tampoco había chicles.

Francisco era del GRAPO, grupúsculo de acción armada que renqueó desde el mismo momento de su creación en 1975. Estaba fichado por la policía, por muy corto que fuera el alcance de sus cometidos. Prestando mucha atención y yendo sobre aviso, su foto podía localizarse en algunos carteles de ciertas comisarías de pueblo. Su cara venía en blanco y negro, y en un grupo de retratos de menor tamaño que el resto. Dentro de una supuesta jerarquía de peligrosidad, Francisco jugaba en división regional.

No era de extrañar. Lo más importante que le habían dejado hacer en la banda era lo de los chicles. Con eso y todo, y aunque hubiera sido destinado a actividades aún más banales, ya no tenía forma de dar marcha atrás. Aunque él apenas lo percibiera, sabía que en el GRAPO le tenían tan controlado a él como él tenía controlados los bajos de la barra del CoyFer. No se sabía cuántos miembros quedaban en la banda en 1986, no se sabe hoy, pero para Francisco la única forma de dejarlo era morirse de viejo: porque todos seguían en búsqueda y captura, y porque ningún cuadro del GRAPO («mis generales», los llamó un dirigente en plena negociación con Interior) iba a permitir ventoleras de deserción.

Dedicado a esta tarea de enlace, Francisco no conocía a ninguno de sus compañeros. Sólo a José Ramón Pérez Marina.

Pérez Marina era el fundador del Grupo de Montañismo «Pico Almanzor», en el que Francisco ingresó en 1973. Se montaba unas excursiones fenomenales. En 1979, y a instancias de Marina, Francisco ya estaba encuadrado en la estructura informativa del GRAPO. Le vio por última vez en 1981. De él sólo sabía que continuaba en la clandestinidad, en activo, con nombre falso, y que por las tardes se dedicaba a restaurar objetos religiosos en cierta iglesia de cierta ciudad castellana. Paradero tan secreto que Francisco se borraba de la cabeza el nombre de la tal ciudad cada vez que su memoria lo escribía en su mente.

El CoyFer era un ajado local de los que se llamaban «de viejos», cuyos dueños, Fermín y Concha, no conseguían reunir fondos para emprender la reforma de la decoración, por más que ahorraban. Los cuatro paneles de formica gris recién instalados eran insuficientes para darle el aire limpito que ellos anhelaban. Cada silla era de una familia, y el mural que cubría la pared de barra estaba repleto de bobadas bienintencionadas: la colección de llaveros, el póster del perro disfrazado de camarero con gafas de Blues Brothers, el bote de propinas que regalaba Canada Dry, la garrota CONTRA MOROSOS y mucha grasa por las paredes.

A las siete de la mañana lo ocupaba parroquia trabajadora, que ya empezaba a traer el bocadillo del almuerzo en papel Albal (lujo poco antes impensable). Se bebía mucho *solysombra* y un mejunje que habían puesto de moda los trabajadores de la subestación eléctrica de Tetuán: el trifásico, a base de gaseosa, ginebra y chinchón, tres bebidas blancas como los enchufes de la pared. El CoyFer olía a bar español, un aroma que ni cambia ni remite, así pasen las décadas.

Quedaba en el cruce de las calles Bardala y Plátano, en pleno barrio de la Ventilla. En 1982, el gobierno municipal de Tierno Galván había aprobado el plan para borrar la barriada con una goma y edificarlo todo de nuevo sobre su misma planta. No obstante, eran aún muy pocas las transformaciones operadas en ese núcleo de aluvión noroccidental en el que los emigrantes del cuadrante noroccidental de la península (Madrid detiene a sus oleadas humanas en el punto al que arriban) se construyeron a mano sus propias viviendtas. Así que la Ventilla aún se parecía mucho a como fue concebido por sus improvisados creadores, que no la concibieron de ninguna manera.

Lo que nunca ha cambiado en el barrio es la triste emoción de sus vacíos. Nunca hay nadie por la calle, como si hubieran arrojado esa bomba de neutrones que acaba con las poblaciones pero que respeta los edificios que ya no van a cobijar a nadie.

En el CoyFer, la conversación apenas abandonaba el género de la tarugada, a base de exponer tenues sandeces para confirmar que no se está solo («trabajas menos que el muñequito rojo del semáforo», «ponme la penúltima», «el agua para las ranas», etc.). Francisco, por el contrario, no hablaba con nadie. Obligado a mantener su clandestinidad a toda costa, evitaba los intentos de Fermín y de Concha por resultar amigables con un cliente que, aparte de ser tan fiel, parecía tan pesaroso. Era violento negarse a ellos, porque ambos se comportaban con una bonhomía tan bien sopesada y con unos deseos de agradar tan exactamente amables que daba mucha lástima rehusar sus atenciones. Francisco envidiaba a quien podía permitirse el lujo del comentario bobalán, mañanero y trabajador. Pero no le quedaba más remedio que beberse rápidamente el café fortísimo e irse luego con un pobre y corroído «taleo» («hasta luego»).

Vivía a doscientos dieciocho pasos del CoyFer, en el primero derecha del número 26 de la calle Santa Valentina. Era un edificio de dos plantas, con una puerta a calle sin cerradura y en el que él era el único vecino. Bajo la barra del bar Tembleque, su anterior observatorio, encontró un día, menudo susto al palpar, un sobre con la dirección y la llave de la nueva guarida a la que le mandaban. Ya sabía lo que tenía que hacer. Cogió sus cuatro cosas de la casa baja de Puerta del Ángel y se mudó esa misma tarde. En un vaso de la cocina encontró su nuevo destino de vigilancia (el CoyFer) con los datos sobre horas, días y papeleras. Nunca se enteró de quién era el propietario del inmueble. Sería de alguien del GRAPO. O quizá es que sencillamente el dueño no era nadie, porque toda su vida estaba llena de nadies. Nadie dejaba los chicles y, si un día aparecieran, nadie los habría puesto allí.

La casa era una cochambre. Pero para Francisco, que pasó la adolescencia preguntándose de dónde iba a sacar él para una vivienda, era mucho más de lo que había esperado jamás de la vida. Estaba desconchada y remendada, repintada, recompuesta y amarillenta. Cuando Francisco llegó a instalarse encontró los escasísimos enseres del piso recubiertos de esa mugre a la que ya no se vence, porque está hecha de tiempo y no hay detergente que la disuelva. Pero a base de frotar con el aguarrás industrial que encontró en las basuras de un taller de maquinaria, los muebles no daban demasiado asco.

Todos eran de cocina, en cualquiera de las cuatro estancias de la casa. En el salón había una alacena mural de melamina, de extrañas formas abombadas. Allí tenía

Francisco sus siete libros: uno de Pearl S. Buck; *Cinco semanas en globo*, de Editorial Molino; *Hechos que conmovieron al mundo*; el finalista del Planeta 1965; *Historia universal 3º BUP*; *Otelo*, de Guillermo (sic) Shakespeare; y el catálogo de juguetes de El Corte Inglés de 1971. Todos forrados con papel de periódico. Había expuesto su medalla de montañismo de 1975 sobre un pequeño atril hecho con pinzas de la ropa y guardaba en un cajón la navajita de cortar el chorizo de las excursiones de entonces. El resto de los objetos de la alacena (dos ceniceros de loza con la inscripción «Rdo. de Segovia», un reloj que metía mucho ruido, la cabeza de un caballo de plástico y una moneda de cincuenta céntimos) ya estaban en la casa cuando él llegó. Había además una mesa de lámina imitando madera de algo, un sofá de gomaespuma, tapado con un cobertor morado, una tele en la que no se distinguían las figuras, porque en el edificio no había antena, un transistor que sí se oía y un vídeo Betamax al que no había qué echar de comer.

En la cocina fue donde el habitante más frotó con la parte verde del estropajo. Como no había quemadores con qué usarla, la bombona de butano le servía como mueble auxiliar (colgando las bolsas de las asas y del pitorro). Cocinaba con un infiernillo eléctrico de resistencia, de los que en 1986 ya estaban prohibidos por la querencia que mostraba el rojo vivo a contagiar su fuego a los cortinajes y a las faldillas adyacentes.

Su bañera no tenía ducha, pero se había fabricado una con la goma de la bombona y un bote de suavizante calado como un colador, que podía coger por su asa para restituir el efecto de teléfono. Se había hecho unas cortinas de baño con unas bolsas de basura de comunidad, de un negro satinado que creaba una extraña sensación lumínica a la hora del aseo completo. Había reforzado la banda superior con cinta aislante, y la había perforado pinchando con un boli para insertar las anillas de las que colgaba.

Pegándoles una base a los cartoncillos de los rollos de papel de váter usado, Francisco se había compuesto un cubilete para lápices, un costurero y un simpático tirador de sentido alusivo para la cadena de la cisterna (que no era cadena sino cordel). La casa estaba repleta de útiles como estos, lo suficientemente pueriles y pobres como para llamarlos «trabajos manuales». La mitad de los cierres de sus armarios estaban descoyuntados, pero mantenía las puertas en su sitio a base de tiras de celo.

Francisco trabajaba en una decrépita nave de seiscientos metros cuadrados en la calle de Miramelindos, levantada en un descampado hoy urbanizado y en la que él laboraba solo, de ocho de la mañana hasta que quisiera irse, según tarea. Se colocaba ante una inmensa máquina de coser industrial y se dedicaba a fijar las etiquetas falsas de Benetton que fabricaban en un taller de Tarancón (Cuenca) en el cuello de las camisetas falsas que fabricaban en una nave de San Fernando (Cádiz). Luego las doblaba y las iba metiendo en bolsas de celofán. Cobraba cuatro pesetas por cada prenda apañada, y dejaba listas ciento sesenta o ciento setenta por jornada.

El GRAPO le había colocado ahí en 1982, por medio de otra secreta comunicación (con tiritas pegadas, en vez de con chicles). Era el único sitio en el que podía trabajar. Francisco, fichado por la policía, ni tenía DNI ni habría podido enseñarlo en ningún lado. Daba miedo estar en la nave. Por lo grande que era y porque sentía cómo le vigilaban: los del GRAPO y los de la policía. Se oían muchos ruiditos. Las cerchas de la cubierta crujían con el sol, con la lluvia y con el viento, tan desarmadas estaban. Pero chasqueaban sobre todo al paso de los camiones, que por la mañana trazaban ráfagas de sombras al tapar a su paso la luz del muro traslúcido de pavés.

Nunca veía a nadie. Esquivaba todo trato por prevención. De no usarla, la voz se le había quedado grave como la de un oboe, y a veces en la nave decía «oboe» para regodearse en tanta profundidad vocal. Tres veces por semana venía un sujeto con el que, en otra tesitura, quizá habría podido cambiar dos palabras. Pero era disminuido psíquico, lo que impedía mucha charla. Se movía como si fuera de plomo, mascullaba murmullos ininteligibles, gesticulaba como si tirara bombas, calzaba zapatos verdes y Francisco no le conocía ni el nombre (le llamaba Julio, por hacerse a la ilusión de que era humano). Le calculaba dieciocho, pero podía tener tanto veinticinco como doce. Venía con una furgoneta Barreiros y entraba en el taller los fardos de camisetas y los saquitos de etiquetas, de a dos y dos en cada mano. Los traía a sangre, él solo, porque se negaba con bufidos a recibir ayuda ninguna.

El discapacitado llegaba sudando, soltaba los bultos, comprobaba que el volumen de ropa ya falsificada era el de siempre y se iba con las espurias camisetas Benetton, moda pudiente pero desenfadada. Cualquiera de los tres días de visita, entregaba a Francisco las 4.000 pesetas que venía a sacarse semanalmente. Luego se marchaba. Conducía como Dios, pero tenía que impresionar cruzárselo por la carretera con su cara de dinamitero irascible.

Francisco guardaba el dinero negro en una cartera negra. Era como el silo de su grano, el almacén del que iba sacando el papel según fuera menester. Esos billetes se iban triturando y convirtiéndose en la grava de las monedas, que guardaba en el bolsillo derecho de su pantalón hasta que hiciera falta otra hojita de colores. Llevaba la cartera negra en su cazadora negra de plástico, la única que tenía, y que se había acostumbrado a sentir cálida en invierno y fresca en verano. «Es porque es de *termoforro*», pensaba, y se reía de cómo sonaba de bien la palabra que se había inventado.

Cosía hasta que a eso de las siete no podía más y se largaba del taller, vigilando que nadie le viera mientras cerraba con candado. Sobre el plano, su casa de Santa Valentina quedaba cerca de la calle Miramelindos, pero, por la noche, los andurriales de la Ventilla daban verdadero pánico, y sólo en verano se volvía a pie. El resto del año cogía el 49, un autobús que transitaba por el noroeste de Madrid pero que él sólo utilizaba para recorrer Blanco Argibay hasta su domicilio.

A veces, a la vuelta, dejaba pasar su parada y seguía hasta Bravo Murillo, para dar un paseo por una calle repleta de luces y de gente, una cava brillante flanqueada por humildes venitas. Lo hacía poco, porque *flanear* por ahí era exponerse a incidencias. Pero, en ocasiones, a Bravo Murillo que se echaba.

Salía de la nave con el zumbido de sus diez o doce horas de silencio en la cabeza y, cuando se encontraba en medio de la avenida, repleta de ciudadanos, zapaterías, jugueterías y tiendas de cacerolas, se ponía a andar imaginando cosas él sólo. Sabía que él, clandestino sin identificación, concitaba así el peligro, pero las fantasías callejeras eran tan fascinantes... Sabía que lo indicado era recluirse en casa, como cuando jugaba «a dar» en las escuelas, pero la calle era un parchís donde entrenarse escondiéndose, driblando las miradas, huyendo sin apretar el paso y despistando a todo eventual espía de banda armada o a todo agente de la ley.

Le pasmaba el inmenso muestrario de personas y cosas que Bravo Murillo exhibía cada tarde. Pero andar por la calle, con ser apasionante, era exponerse a que quien fuera, de la autoridad o de la propia célula, le reconociera, le siguiera, le acotara, le detuviera. Así que siempre iba atento a todo. Veía a una chavala. La seguía. La evitaba de golpe. Veía a un municipal. Suponía que le había reconocido como miembro del GRAPO. Le daba esquinazo. Igual el policía ni se había fijado en él. Daba lo mismo. Francisco bruñía su invisibilidad para cuando vinieran peor dadas. No era paranoia. Era prudencia. Ya le hubiera gustado a él que sólo fuera paranoia. Se enamoraba de su habilidad para dominar la situación de sí mismo y de todo lo que le rodeara en su radar mental, y de su maña para evitar a todo aquel a quien tuviera en veinte metros a la redonda durante más de tres minutos. En siete años jamás había levantado una sospecha y nunca había pasado nada. A todo este oculto meneo sobre las casillas de Madrid, Francisco lo llamaba «hacer el deporte».

En caso de mosqueo (una mirada directa a los ojos, una interpelación preguntando por el metro, un somero contacto entre un codo y una manga), Francisco se metía en cualquier sitio a esperar. Lo más indicado era entrar en esa clase de lugares en los que todo el mundo puede estar mirando a algo sin que se le haga raro a nadie: la iglesia de San Francisco de Sales, simulando admirar las cenefas (se llamaba como él. En traducción de guasa del inglés, se repetía para sí «San Francisco de Ventas, San Francisco de Ventas» cuando andaba inquieto). El mercado de Maravillas, simulando husmear entre los puestos (olía a pescado y a serrín, como pinos en la playa, como peces jugueteando entre las cuadernas del pecio). La trasera de los quioscos, simulando mirar las revistas (a otra escala, pero los paneles de metacrilato con sus portadas eran iguales que un álbum de cromos).

Paradójicamente, la mejor forma de huir era estándose quieto. Las marquesinas del autobús, simulando esperarlo, eran la óptima opción: dotadas de asientos, de espaldas a la acera, a usar durante la hora larga que un mismo conductor podía tardar en pasar de nuevo y extrañarse, con planos urbanos a los que dirigirse para pretender la consulta de un trayecto mientras se estiraban las piernas y se estudiaba Madrid. Eran tan excelentes las marquesinas que desde hacía meses las usaba sin motivo de seguridad mediante, sólo por la generosidad con la que le permitían permanecer en la calle sin más, pensando en sus cosas mientras le daba el aire, como si fueran los paraguas de sus reflexiones.

Sobre todo, eran gratis. La abundancia de bares en Madrid habría hecho interminable la lista de escaques de seguro de este tablero. Pero en 1986, un café con leche o una caña de cerveza en los establecimientos de los barrios populares de la capital costaba cincuenta pesetas. Y ganar 16.000 pesetas mensuales significaba entonces disponer de muy, muy poco dinero, por muy 1986 que fuera.

1.300 pesetas se le iban en los veintiséis cafés que tenía que tomar al mes en el CoyFer (Fermín y Concha cerraban los domingos), con los dedos husmeando por los bajos de la barra. Otras 1.300 le costaba un mes de autobús, si tiraba de bonobús y siempre que algunas mañanas, de ida, se fuera a la nave a pie. En verano ahorraba 1.000 o 2.000 pesetas, porque con la anochecida demorada la vuelta no era tan escalofriante. Era para él su paga extraordinaria de vacaciones, y recorría la distancia entre su casa y el taller pensando en el céntimo y pico que ahorraba por cada zancada. Fumar le salía por 1.650, siempre que comprara el tabaco en el estanco (nunca en bares) y siempre que no sobrepasara el límite del paquete de Rex diario (había un margen de premio si fumaba menos). Cogiendo un cartón le regalaban un mechero («para que los pitos sean *operativos*», decía el estanquero). Probó con labores menos exquisitas, pero se le atrancaban las vías respiratorias y al tomar aire sonaba que daba miedo.

Comía lo que podía. Inventiva, mayormente. Sólo compraba sucedáneos y alimentos de gama baja, pero sacaba un excelente partido al aceite de girasol (en el que maceraba un ajo), a la achicoria (que mezclaba con canela), a la margarina (a la que añadía panchitos picados) y a la cabeza de jabalí (que mejoraba mucho con un golpe de llama). El agua de las latas de pimientos y alcachofas era la base de todos los caldos, y el hígado, el tocino, las mollejas y las cabezas de pescado, productos tan asequibles, eran la sustancia de tantos guisos. El perejil, que entonces era gratis, lo aderezaba todo.

Adornaba las sopas de sobre con todo aquello que estuviera a punto de estropearse: pan duro, que freía en el aceite de la lata de atún (si la sopa era de vegetales), y tiras de pollo, que despegaba de la carcasa poniéndola a hervir después de comérselo frito (si la sopa era de carne). Fabricaba su propia mermelada cociendo ralladura de cáscara de fruta con agua y azúcar. Empapando en leche las áridas galletas Reglero, se componía una base para pastel que quedaba muy bien recubierta de natillas, si las hacía muy espesas. Cuando se acababa el Tulicrem, imitación de la Nocilla, echaba leche caliente a la tarrina. El calor deshacía los restos a los que el cuchillo de untar no llegaba y obtenía algo parecido a un Cola-Cao.

De todo ello resultaba un gasto diario en alimentación de 250 pesetas (7.500 pesetas al mes). Aunque el domingo, por festejar, compraba en una panadería de la calle Veza una bolsa de patatas fritas Leandro y una botella de dos litros de refresco Blizz Cola (468 pesetas más).

Siempre tuvo muy presente que, al decir de Cicerón, «El mejor cocinero es el hambre». Máxima que nunca dejó de figurarse en letras de oro, por tan cierta la tuvo durante toda su vida, y que reducía a cenizas de ridículo tanto afán por la vida exquisita a la que tanta gente empezaba a adscribirse con devoción idiota. Especialmente, entre tantos dirigentes de última hornada, enseñando todo el pelo de la dehesa, hijos e incluso hermanos menores de nobles campesinos cuya dieta sólo tenía un capítulo («comer lo que haya») y que ahora disfrutaban mareando a los camareros con que si la temperatura de servicio, o impresionando con los puntos de cocción a otros gañanes y palurdas del sexo que apetecieran.

Contaba con una partida mensual para aseo de 200 pesetas: llegaba para una pastilla de jabón Nelly, seis rollos de papel de váter y un tubo de FluorDent. Llevaba el pelo a cepillo (él mismo se ocupaba de cortárselo con sus propias tijeras), con lo que el gasto en champú quedaba conjurado. Se afeitaba a brocha sin brocha, frotándose la cara con los trocitos de jabón de manos que, tras su uso, ya no servían por su tamaño para nada más. Si el pedacito de jabón hacía espuma, bien. Si no la hacía, era que la barba no estaba todavía tan crecida como para tener que rasurarla. Bien también. Era grotesco que Francisco se perfumara, si no trataba con nadie. Pero así lo hacía, por divertirse con la idea de exhalar una fragancia sin nariz a la que cosquillear. Una botella de litro y medio de Nenito, que remedaba bastante bien a la colonia de baño Nenuco, costaba 99 pesetas, y bien podía durar medio año.

Fregaba los cacharros con lavavajillas Flou, pero el jabón para la ropa se lo fabricaba él mismo, cociendo la manteca de los torreznos, mezclada con sosa, en una sartén. El gasto en estropajos, bayetas y fregonas estaba incluido en los cuarenta duros, si bien prorrateado a lo largo de los doce meses del año.

O alguien del grupo pagaba las facturas, o nunca se dio de alta ningún servicio. Jamás llegó recibo alguno. Ahorraba mucho dinero a quien fuera, porque el agua y la luz sólo fluían cuando fluían. La calefacción sí que era ecológica, porque no había. Sólo el infiernillo que destinaba a cocinar valía como radiador. Su potencia era pobre para tanto propósito, por lo que, en invierno, Francisco andaba por casa abrigado con tres o cuatro camisetas de las de San Fernando (Cádiz). Como eran para él, se las había cogido del montón de las que ya llevaban cosida la etiqueta de Benetton, y así iba de marca por su domicilio.

No tenía a quien llamar, y eso era malo. Pero así se ahorraba el teléfono, y eso era bueno. Había uno colgado en una pared. Nunca tuvo línea, por lo que su desembolso en telecomunicaciones jamás causó estropicio. Él hubiera preferido tener a alguien con quien hacer un poco de gasto, de vez en cuando.

Redondeando, «que tampoco hay que ser un tiquismiquis», Francisco gastaba 12.420 pesetas al mes. Comoquiera que el llamado Julio, en nombre de quien fuera, le remuneraba con 16.000 pesetas por el mismo período, el clandestino contaba con una suma para gastos laterales («eventualidades») de 3.580 pesetas mensuales. O, lo que es lo mismo, 119,33 pesetas al día. Francisco salía de casa cada mañana con esta cantidad en la cabeza, e iba reteniendo en la memoria los caprichos en los que se iba gastando el dinero.

Al volver, apuntaba lo derrochado y lo restaba a las 3.580 pesetas con las que contaba mensualmente para este capítulo de antojos. El día treinta, o treinta y uno, comprobaba cuánto había ahorrado. Hacía mucho tiempo que sabía que toda esta minuciosidad no tenía nada que ver con el control de sus recursos, sino, sobre todo, con la necesidad de balizar el mar de días en el que vivía, echando mano de magnitudes mensurables (número de pesetas, cantidad de horas, porcentaje de superávit, media, mediana y moda) que acotaran con su exactitud toda la maraña de naderías en la que pasaba su existencia.

El apartado de dinero en mano para eventualidades era su gloria, quizá la única región de su vida en la que hacía lo que le parecía conveniente, y que controlaba guardando y | o derrochando según considerase. Esa *gamba* o *libra* (moneda de cien) con su pico puntiagudo («como quien dice, ciento veinte pesetas») era su cuota diaria de placer.

Por aquellos días empezaron a aparecer las primeras tiendas «todo a cien», lo que suponía que, en una semana comercial normal, Francisco podía reunir un colador, un *pack* de tres cajas de cerillas, una lata de betún, una baraja para solitarios, un plato llano nuevo y tres paños de cocina, sin salirse del presupuesto y ahorrando además las 19,33 del pico. Que, multiplicadas por los seis días de tienda, daban 115,98 pesetas salvadas: las mismas que permitían una nueva visita de propina, como si fuera esto la bola extra del *pin-ball*. Como muchas veces volvía a casa con las 119,33 pesetas íntegras, iba haciéndose con un fondo que le permitía comprarse una muda cada dos años, una camisa cada tres, unos zapatos cada cuatro y un jersey cada cinco.

Los balances iban encajando, pero también había dislocaciones en el sistema. Como todos sus cálculos pecuniarios estaban trazados sobre la base de tabular treinta días al mes, el decalaje contable venía de la mano de enero, de marzo, de mayo, de esos siete meses traidores que febrero ayudaba a neutralizar. En total, cinco días de más cuya financiación solventaba con heroicos ayunos que, se esforzaba en creer, solidificaban los cimientos de su carácter. Siempre llevaba todo su dinero consigo: el bloque, en la cartera negra; sus lascas, en el bolsillo derecho del pantalón.

La gente tiene cuidado de sus cosas de natural. Han de durar porque si no hay que reponerlas. Pero si a Francisco se le rompía un cristal de la ventana o la rodillera de un pantalón, no le quedaba más remedio que quedarse sin ello. Si le dolía una muela, a esperar a que se le pasara. Tenía que cuidar sus cosas como quien cuida de su perro o de su hijo: como lo que es irreemplazable. Aunque, siempre y cuando anduviera al quite, nada tenía por qué romperse. Mientras actuara con celo y cuidado, todo duraría dentro de aquel piso lúgubre de la Ventilla.

Ingresos y gastos iban quedando compensados sin fallas abruptas. Pero hubo, no obstante, días de hambre. En ocasiones, según se despendolara y según el nivel de inconsciencia que le echara a la vida, pecaba de manirroto. Otras veces, el llamado Julio se perdía, o venía sin nada. Semanas hubo en las que el trabajo le cundía poco, porque le entraban sofocos y tenía que levantarse de la máquina de coser e ir a meneársela. Luego lo notaba, para mal, en las liquidaciones. Entonces sobrevenía el hambre.

El hambre era incómodo, pero había trucos. En el CoyFer ya sabían que Francisco tomaba el café con dos azucarillos (entonces era muy común el cubito de azúcar). Uno se lo echaba al café. Chupar el otro a la hora de la merienda engañaba el apetito muy eficazmente y procuraba una cierta energía para pasar la tarde. Seis chicles Cheiw (treinta pesetas) metidos en la boca de golpe podían sustituir a una cena. A la hora de acostarse, dejaba la bola de goma ya insípida junto al fregadero de la cocina. A la mañana siguiente el chicle había recuperado su sabor, milagro que muchos conocerán. Ardides como comerse las uñas, irse a dormir o intentar coger fiebre, que la fiebre quita el apetito, también estaban entre sus recursos.

Lo que echaba de menos era el lujo de coger el periódico. La prensa le fascinaba, pero sus balances se descuadraban si la compraba más de cuatro veces al mes, y nunca en domingo. Sospechaba que la quiosquera se olía su indigencia, porque cuando no tocaba lujo y sólo iba a comprar un chicle para desayunar, ella le inquiría con retintín.

—¿Y hoy de prensa no lleva nada?

—Es que ya la he cogido esta mañana. En otro quiosco, vamos.

Cuando sí tocaba, el diario daba para muchas distracciones, una vez leído. En el mapa del tiempo se tenía a la vista toda España, para viajes imaginarios. La sección «Fallecidos en Madrid» traía los nombres de los muertos del día anterior, con sus edades consignadas. Sin mirar, Francisco pintaba un punto al azar sobre la ristra de finados e imaginaba que un adivino le auguraba los años que tendría al morir (los del pobre sujeto sobre el que cayera el punto). El juego le ponía de buen humor, porque le solían salir edades avanzadas. Tachando ciertas letras a las palabras, resultaban frases que se le hacían chocantes. Modificar a lápiz las fuentes de luz de las fotografías le era muy gratificante. Jugaba a la bolsa en el conglomerado accionarial de Cerrajera, y seguía los tanteos de ganancias y pérdidas con toda atención. Si un día ganaba un entero, tenía el presentimiento de que las cosas evolucionaban para bien. Muchas veces, Cerrajera perdía dividendos.

Poder coger dos o tres periódicos a diario, más algún semanario de información general y alguna revista mensual de temática específica, debía de ser como estar en el mundo, con todos al lado. Es muy posible que fuera esta sensación de apego lo que le hiciera babear por la letra efímera.

Había un segundo artículo al que le hubiera gustado aficionarse, pero al que le parecía ingenuo aspirar. Francisco sentía verdadera devoción por los trenes eléctricos. Eran carísimos. Así que sólo le alcanzó para un juego de seis postales de tema ferroviario. Se las había encontrado un domingo en el Rastro, a las cinco de la tarde, la hora a la que los de los puestos ya se han ido y han dejado tiradas las sobranzas a las que ni siquiera ellos encuentran valor de cambio. Se barruntaba que su pasión por los trenecitos tenía que ver con la imposición de orden que le transmitía el movimiento inmanentemente canalizado por los raíles. O con la perfección perpendicular de estos con las traviesas. O con la majestad de las locomotoras, de inmenso poderío, condicionado sin embargo a la disciplina de la línea trazada en el tendido férreo. O con la lógica de los motores, rotando a una señal eléctrica dispensada desde un mando de plástico. Lo más seguro es que esta debilidad tuviera su raíz en las ganas que tenía Francisco de que alguien o algo, persona, animal o cosa, le hiciera algún caso cuando se dirigiera a él.

Y un tercer sueño: dar clases de Historia en un instituto. Tal anhelo le entretenía sobremanera. Imaginarse contando la de Vercingetórix contra Roma le ponía de buen humor. Aún no se percataba de que lo que en realidad deseaba era andar por ahí con los chavales, adolescentes animosos con toda la energía por transformar. Hacerles bromas si les pillaba fumando, perdonarles las faltas leves con simpatía, condescendiendo cuando procediera. Aprendiendo él de ellos, que estaban siempre contentos, pegando esos brincos y esas carreras con vigor envidiable. Prensa, trenes, clases. Estas eran sus tres ilusiones. Cortas, modestas, como las que en vez de soñarse se padecen.

Lo grande fue que, a base de llevar las cuentas, de prever remanentes, de planificar gastos e ingresos y de vigilar los convolutos, Francisco se encontró con que, a mediados de los ochenta, tenía ahorradas 3.227 pesetas. Las caminatas del verano (alguna hubo en invierno) y su indesmayable control de cada desembolso, su cuidado de los bienes y su pericia a mayores para los asuntos domésticos, algún hambre postergado y su conciencia de austero soldado, habían obrado el milagro. Se cortó de cogerse una manta de flores que tenía vista en un escaparate de la calle Jaén y, el martes dieciocho de febrero de 1986, decidió tirar la casa por la ventana, que para eso había cumplido años tres días atrás.

3

Hacía seis años que no estaba con una mujer. Habría sido peligroso. Las ansias se las pasaba como podía, pero había ido olvidándose de los momentos de besos, ya tan lejanos, y apenas conservaba en la memoria ninguna fotografía de cuando trató con chicas de verdad en el Grupo de Montaña «Pico Almanzor». Le faltaba el referente real que acolcha toda fantasía. Se decidió a pedir inspiración por correo y encargó un lote de seis películas de la colección «Pleasure Image» que ni hipnotizado habría podido comprar en el video club, como los ciudadanos desinhibidos de vidas normales. Se hizo con el cupón de pedido gracias a un *Interviú* que se encontró debajo de un coche y al que ya habían mutilado las fotos de los reportajes menos politológicos. El sello interurbano costaba dieciocho pesetas, el sobre cinco, y las producciones audiovisuales, novecientas noventa y cinco, incluyendo gastos de envío. Solicitó.

A los ocho días le llegó el aviso de Correos: el paquete ya estaba en la oficina de la calle Pinos Alta. Francisco trabajó a toda prisa el viernes y, con el rédito productivo obtenido, se tomó media hora de la mañana del sábado para ir a la estafeta. Mala idea, porque la afluencia de público era notable a pesar de que sólo eran las ocho de la mañana. Algo que ya de por sí era preocupante, estar con otras personas en recinto cerrado, devenía en sangrante ante la expectativa de que pidiera su envío y apareciera el funcionario con un paquete repleto de referencias al contenido: una pera con corazones, «Cine para ver solo», una lengua babeante, dos chicas poniendo caras, cosas así.

Francisco se colocó a la cola de la ventanilla de entregas, atendida por dos funcionarios. Uno de ellos era un necio de risa fastidiosa que había librado la semana anterior. El otro, aquel que le sufría.

—¡Que qué tal las vacaciones, me pregunta el hijo puta! ¡Pues cortas, joder, cortas! —gritaba.

El de Correos encontraba graciosísima su ocurrencia, se reía atronando la oficina de simpatía personal en el trato y le daba pescozones al de al lado, que se lo permitía porque tenía menos trienios. Despachaba jacarandoso y con celebración de los clientes, que le llamaban por su nombre y le decían afables «¡Desde luego, qué cabrón!».

—¡¿Eh?! ¡¡Cortas!!

La cola avanzaba. Francisco sudaba de apuro, componiéndose en la cabeza las cuatro posibilidades de vergüenza: inscripciones o no en el paquete; cartero asqueroso o discreto; y su combinatoria. El funcionario cachondo trayendo un envoltorio repleto de marcas era lo peor. El sujeto normal entregando un envío sin más mácula que el nombre del destinatario, lo mejor. Le tocó el payaso.

—Hola —dijo Francisco después de tragar la saliva que no quería que se le pusiera en la garganta cuando tuviera que hablar.

—El resguardo —exigió el chistoso.

Francisco dejó sobre el mostrador el documento y el dinero, que ya había separado en su cantidad exacta para abreviar un trámite que podía ser tan humillante.

El funcionario leyó el resguardo. Por un momento pareció que iba a poner las pegas que inventa el que quiere prolongar la charla para ahuyentar su aburrimiento. Pero optó por meterse en el almacén sin dejar de soltar sus chorradas, que llevaba horas desgastando pero que seguirían pareciendo recién concebidas mientras continuaran llegando nuevos parroquianos como público renovado.

—¿O dónde has visto tú si no unas vacaciones que sean largas?

Francisco empezó a temblar. Podía imaginar todas las gracias que le iba a dedicar el saleroso como encontrara motivo para pasar un ratillo divertido a su costa por los cromos de su paquete. «Te ha escrito la prima del pueblo, que te manda los videos de la comunión», «Mira qué cine-fórum te vas a marcar, con debate luego», o, matando dos pájaros de un tiro, espetándole al de al lado: «Aprende de tu hermana. Ella haciendo películas y tú un puto cartero».

Intentó subir el ánimo pensando que, como le había parecido oír en la radio, la sociedad española andaba mucho más suelta últimamente con lo de follar («es por la democracia»), pero Francisco no había notado nada. Le habría sido imposible tratar con aquel bocazas todos los detalles sobre que si «firme aquí, ponga la fecha de hoy, no ponga la de mañana que mañana es domingo y no estamos, ja, ja» delante de un paquete que llevara por fuera todo lo que Francisco se quería meter para adentro.

Pero todo fue bien. El funcionario regresó con un bulto muy discreto: una caja de cartón *kraft* con una ancha banda naranja y el bendito rótulo «Promociones Postales, S.A.» como todo remitente. El de Correos miró el paquete por abajo, para que pareciera que la suya era una ciencia inasible, y luego se dirigió a Francisco.

—Deme el DNI.

El enlace clandestino e indocumentado respingó. Recogió su dinero y su resguardo, por no dejar señas, y se fue a la carrera sin decir nada, pero absolutamente nada, dejando al cartero guasón demasiado perplejo como para ponerse a componer chistes nuevos. Ya a la una de la tarde, al funcionario se le ocurrió otra lerdez a cuenta de la anécdota con el cliente que se escapó por piernas («¡Si es que van como locos! ¡Si es que van como locos! ¡Si es que van como locos!»), con la que llenó otra media hora de tedio. A las ocho y diez de la mañana, sin embargo, y mientras las suelas de sus zapatos levantaban polvo en el enlosado de Correos, Francisco sintió que terminaba sin empezar su sueño de amor, porque no cabían caricias con alguien que, como él, no existía.

Con las manos vacías, llegó tristísimo a la marquesina del autobús para que el 49 le llevara de nuevo a la nave. Había fantaseado con una mañana de anhelo en el taller, una labor morosa y unas horas alargadas como un cable, un fin de jornada un poco adelantado y un regreso a casa sin paradas. Un vaso de agua para ver el espectáculo y un calcetín viejo para lo suyo. Muchos Rex muy cerca. Poner la tele, dar a los botones, mirar a las intérpretes... No iba a haber nada de eso.

Encendió un pito y miró hacia Bravo Murillo en sentido norte. Volvió a ocurrir lo que le pasaba siempre: nada más prender el cigarro, el 49 apareció grandón, obligando al despilfarro de tabaco. Le daba vergüenza descapullarlo para fumárselo después, porque iban a pensar los demás que era un rata. Miró a ver si había gente en el entorno de la marquesina, porque si había poca, animado por la contrariedad recién sufrida, le pensaba echar audacia, apagarlo y guardárselo para cuando llegara al taller.

Sólo había un señor. Que, tan serio, llevaba bajo el brazo una caja de cartón *kraft* con una ancha banda naranja y el rótulo «Promociones Postales, S. A.», impreso en el anverso. Una caja tan discreta, sin marcas, que el paisano llevaba con la confiada naturalidad de quien saca a su nieta a pasear. A Francisco le entró un poco la risa.

—Mira ese. Qué llevará ahí, dentro de esa caja tan poco elocuente —se decía a mala baba mientras se deshacía de la brasa del Rex.

El suceso de Correos le devastó el ánimo. Pero a mediados de marzo, quizá por la insatisfacción de la pornocuriosidad frustrada, Francisco se encorajinó. El viernes catorce, día de cobro, mientras volvía a casa por la tarde en el 49, Francisco cayó en la cuenta de que, a una mala, conservaba sus 3.227 pesetas intactas. Se encontró guapo viendo las cosas por el lado bueno. Confortado por el descubrimiento, dejó pasar una parada, y otra, y otra.

En Plaza de Castilla cambió el 49 por el 147, y cruzó medio Madrid mientras valoraba la belleza del optimismo.

El autobús llegó a Callao, su fin de trayecto, y Francisco se sintió capitalino. Bajó, compró un Bony, se lo comió y, eufórico quizá por el azúcar, decidió del todo que iba a regalarse un tren eléctrico.

Cogió Gran Vía, un Bravo Murillo a lo bestia, y, por la acera de los impares, llegó al Bazar Mila. Avergonzado por su afición infantil, se asomó al escaparate con cara de estar mirando los puzles para adultos. De reojo, vislumbró dos equipos de trenes en exposición, con máquina, transformador, circuito en óvalo y tres vagones cada uno.

El embalaje del de la izquierda traía sus rótulos en alemán. A través de su ventana de acetato, Francisco podía distinguir los remaches de la caldera de la locomotora, las tampografías de los vagones de mercancías y los manillares de las portezuelas de los coches de pasajeros, tal era su grado de detalle. La caja del otro, una referencia española de marca Magic-Tren, daba idea de un trabajo mucho más basto. El plástico de sus unidades parecía más gordo, las vías eran más toscas y las inscripciones ferroviarias de los vagones eran pobres pegatinas impresas con colores excesivos.

Podía comprar el alemán sólo si cosía casi cinco mil ochocientas camisetas más durante la próxima semana, lo que mandaba la caja al infierno de los apeaderos. El precio del tren nacional era de 4.445 pesetas. Decidido a no quedarse sin regalo de cumpleaños, pues llevaba ya suficiente desaire del destino con el episodio del «Pleasure Image», despreció los peligros de dedicar al ocio todos sus ahorros (más otras 1.218 pesetas que habría que arañar del resto de partidas) y entró en la juguetería. Con su cartera en la cazadora, con su bolsillo en el pantalón. Con su dinero.

Como le apuraba todo este infantilismo, explicó al dependiente que el juguete era «para un hijo de un hermano», sin caer en la cuenta de que, de haber sido verdad el comentario, habría dicho que el tren era sencillamente «para un sobrino». El tendero del bazar lo pasó todo por alto, porque el Magic-Tren llevaba dos navidades sin hallar ni sobrinos ni tíos que se lo quisieran llevar.

—Pues ya verá como acaba jugando con él toda la familia —le dijo el tendero para ayudarle a pasar el trago.

Francisco soltó todo aquel chorro de dinero, en gran parte en calderilla, sudó de emoción durante el tiempo que tardó el dependiente en envolver el tren y meterlo en una bolsa gigante, y salió a la calle en estado de excitación, con 2.747 pesetas para toda la semana (el Bony le había costado siete duros).

Deseó hacer el deporte por la Gran Vía —aquello sí que era un estadio—, volvió a Callao, cogió el tramo corto de Preciados, sospechó de un patillas con pinta de chivato, lo despistó deteniéndose ante el escaparate de Corinto Marisquerías (donde era muy habitual ver a gente quieta mirando las nécoras) y siguió hasta desembocar en la plaza de Santo Domingo. Comprobó otra vez que tal área, dominada por el parking a cielo abierto pintado de azul, era todo un muestrario de estilos arquitectónicos del siglo. Se fue a oler La Alicantina, que vendía turrones y helados todo el año y, para su sorpresa, el patillas reapareció por San Bernardo. Francisco, el de «el deporte» y el de «huir estándose quieto», se metió en la administración de lotería del frontal del parking, lugar lleno de personal papando moscas, y tomó un boleto de la Primitiva que empezó a rellenar por disimular, pendiente en realidad de lo que ocurría fuera.

El patillas merodeó, Francisco pintó aspas y el sospechoso acabó significándose como paisano a lo suyo cuando apareció su novia y se fue con ella tan campante. Francisco respiró. Cuando iba a romper el billete, sin embargo, la lotera le conminó impertinente:

—¡Traiga pa sellar!

Francisco vaciló, pero la lotera quería fomentar el nuevo juego de la Primitiva que el Organismo Nacional de Loterías y Apuestas del Estado, entonces llamado ONLAE, había lanzado hacía seis meses escasos.

—¡Óigame! ¡Que lleva ya aquí un rato como lelo! ¡Que si no va a jugar no se puede aquí permanecer! ¡Que aquí no se puede sin jugar!

A Francisco no le quedó otra que dar el boleto a validar. El destrozo sobrevino cuando la lotera le pidió los cinco duros que valía la columna. Por no significarse, Francisco pagó. Recogió el boleto sellado, lo guardó en su cartera y salió del local con el tren eléctrico en su bolsón. Había perdido veinticinco pesetas de la manera más tonta, pero aquel era día de despilfarro y se sentía contento. Aquella era jornada de locura. Para rematar la ruina, entró en el bar-restaurante De Prado de la calle Silva y se pidió un café con leche y una magdalena. Nada le iba a estropear su *training day*. Que en inglés significa «día de entrenamiento». Pero que para Francisco comenzó a referirse ya para siempre al día en el que se compró el *train* y anduvo por Santo Domingo con él a cuestas, dándose al turismo, zafándose de supuestas vigilancias y perdiendo dinero con la alegría de un inconsciente.

El 147 le devolvió a casa. Sacó el equipo de la bolsa y abrió el paquete, conservando ambos envoltorios de buen plástico y mejor papel, respectivamente. Levantó la tapa de la caja, con su ventana de acetato pegada al cartoncillo. Aquello olía a nuevo. Extrajo las instrucciones, lo primero, y les dedicó un rato. Luego comenzó a sacar tramos de vías, doce curvas y dos rectas. Pensó que sería mejor establecer el circuito sobre una mesa en vez de sobre el suelo. De esta forma los raíles cogerían menos polvo y la perspectiva del convoy, si se sentaba, reproduciría mejor la ilusión de realidad.

Una vez compuesto el óvalo se ocupó del transformador. Era todo muy sencillo: dos guías, una por raíl, una por polo, una por ranura. Tal y como recomendaban las instrucciones en lo referente a mantenimiento, Francisco repasó las vías con un trapo limpio humedecido con Nenito, porque alcohol no tenía, para eliminar posibles partículas de suciedad que entorpecieran el flujo eléctrico. Luego tomó el libro de Julio Verne y lo colocó abierto boca abajo sobre el tendido, componiendo un túnel esquemático.

Dejó para el final la extracción de los vagones y de la máquina. Sacó el material rodante a las doce y seis de la noche, cuando ya debería llevar más de una hora en la cama. Un tanto burdas sí que eran las unidades, pero tiempo habría de ir ahorrando para comprar más elementos de mejor fabricación. Al principio no se percató, pero luego descubrió con placer que al vagón-correo se le podían abrir sus puertas deslizantes, y que la locomotora venía equipada con un pequeño faro.

Francisco colocó la máquina sobre las vías y le fue añadiendo a mano los tres coches. Era prodigiosa la facilidad con la que se enganchaban entre sí, sólo empujándolos con suavidad. Luego se fue al mando y giró la rueda de marcha. Muy poco. El tren no avanzaba. Lo sopló, no supo muy bien para qué, y volvió a darle. No se movió. Toqueteó el culo al convoy, por ver si así, con la ayuda que se debe a todo primer paso, la locomotora echaba a andar. Puso el mando a tope. Pero nada. Luego se sonrió muy aliviado, cuando cayó en la cuenta de que no había enchufado el transformador a la red. Se aseguró de que el aparato funcionaba a 125 voltios, tomó el macho y lo insertó en la hembra, sin acordarse de restituir el mando a su posición de parada.

La locomotora, que recibía su primer impulso de vida con toda la potencia del flujo máximo, se embaló arrastrando sus tres vagones. Con tanta fuerza que rebasó la curva y cayó mesa abajo, golpeándose contra las losas del frío suelo. El coche de viajeros perdió las ruedas, el mercancías se quedó sin techo y al vagón-correo se le despegó la escalerilla de acceso. La mitad de los delicados enganches del convoy quedaron retorcidos, por lo que el ensamblaje no volvería a producirse correctamente. Aun así, la peor parte la llevó la locomotora. La carcasa saltó por un lado, la chimenea por otro y la bobina de cobre por otro más. Todos los engranajes de transmisión se salieron de sus ejes y dejaron de besarse. Una lengüeta que tendría su función llegó hasta la puerta de la cocina. La máquina no volvería a funcionar jamás.

Metió toda la chatarra en una caja vacía de galletas Reglero. Luego, muy quedito, Francisco se echó a llorar. Como se dijo en la plaza de Santo Domingo, nadie le iba a chafar su *training day*: en efecto, se estaba bastando él solo para destrozarlo a patadones. Ese día sí se sintió pobre. Después matizó sus pensamientos solitarios, refugiado del mundo bajo una manta: ese día sí se sintió pobre, decía, como pobre se había sabido siempre. Pero ese día, con las piezas de su tren de plástico escondiéndose bajo los tres muebles de su piso sobrecogedor, su pobreza le cayó antipática. Por oír a alguien, habló él.

—Para no haber creído nunca en la suerte, qué mala que la tengo.

4

En 1986, Primitiva García tenía veintiocho años. Nació en Bata, Río Muni, en la antigua colonia española de lo que es hoy Guinea Ecuatorial. Su padre, Bernardo, era un abulense de 1920 al que le cayeron encima todas las calamidades: la educación a palos, la alimentación escasa, el clima inhóspito. Sus dieciséis años, súmense a la fecha de su nacimiento, coincidieron con toda aquella alegría. Y sus diecisiete, sus dieciocho y sus diecinueve, pues con lo mismo. Había quedado enfermo de frío, y su anatomía se configuró para siempre enclenque por las hambres padecidas. A los veinte años entró de aprendiz en los talleres de la estación, donde todo era penoso. Y en 1941, para colmo de males, no le quedó más remedio que aceptar un empleo en la Guinea continental, lejos de su familia, donde el tráfico ferroviario se hallaba en incipiente expansión.

Entonces sobrevino el cambio. En el África colonial la comida colgaba de los árboles y correteaba por las laderas. El calor lo mecía todo, se bebía y se fumaba todo lo que se quería, las relaciones con las mujeres eran de una liberalidad impensable en la metrópoli, nadie parecía tener premura por nada, las lluvias caían benéficas para refrescar el aire y el hecho de estar lejos de su familia vetónica no hacía más que evitarle sinsabores. Siempre le asombró la largueza de sus primas por extraterritorialidad. Allí se infló a amar, a comer, a beber y a reír, se infló a salud y a camaradería, se divirtió hasta durmiendo y se emocionó hasta en el peligro.

Durante veintisiete años gozosos, Bernardo disfrutó de la vida como ningún compatriota, consciente de que tal felicidad no habría sido posible sin el cotejo de una infancia y una adolescencia miserables. Consciente de que las cuitas y las privaciones padecidas antaño estaban en la base mismísima de tanto asombro ante tanto desahogo y de tanto pasmo ante tanto placer. Se casó con una bella alemana en 1957 y en 1958 tuvo a su hija. La llamó Primitiva, fascinado por la naturalidad de la vida selvática a la que debía su siempre recién descubierta felicidad.

En 1968, cuando la independencia, tuvo que volverse a la península. Con su familia y con toda la pena. Se encontró con un país en supuesto proceso de liberalización que a él le pareció un monasterio en plena novena mortificativa. Ahora, a sus sesenta y seis años, asistía perplejo al hecho de que toda una sociedad quería autoconvencerse de estar descubriendo la esencia misma del deleite. A Bernardo, con todo lo que llevaba en la piel, el pretendido hedonismo de los ochenta en España le parecía puro espartanismo, el del más sacrificado de los ciudadanos de Esparta.

Primi tenía diez años cuando sus padres se mudaron a Madrid. La familia se instaló en un piso de la colonia de ferroviarios de Villaverde. Su experiencia fue la contraria a la del Bernardo que llegó a la otra colonia. Hecha al clima delicioso de la costa ecuatorial africana, los rigores del invierno y del verano madrileños desconcertaron su fisiología. Estudió la primaria en cierto colegio de su barrio. El centro era un lugar rabiosamente triste, como tantos de los de una ciudad en la que el de El Pilar, que parece el internado lúgubre de *Jane Eyre*, era ya entonces el colegio más apetecido.

Primi, de natural tímida, no salió ganando con el cambio. Cuando los niños se enteraron de su pasado africano comenzaron a llamarla «negra», primero, y «sucia», después. Ella no entendía nada, pero se le quedaron para siempre un sentido de la prudencia y un exceso de prevención con los demás que, lo sabía ella, en muchas ocasiones no le valía más que para perder oportunidades de pasárselo bien.

Lo escribía todo desde siempre. No satisfecha con cumplir con el suyo, llevaba los diarios de su padre y de su madre. Así que cuando acabó el bachillerato ya había pasado dos veranos como meritoria en un periódico, el *Ya*, que acometía vacilante la recta final de su existencia. Durante los tres años siguientes alternó trimestres esporádicos en el diario católico con temporadas atendiendo en una droguería de la calle Embajadores. Al fin entró en plantilla en la gaceta de sus eventualidades. Pero a los dos meses, víctima de las reestructuraciones que jalonaron el declive del periódico, Primi volvió a quedarse fuera. Fue cuando le propusieron fichar por un nuevo proyecto editorial. Aceptó y en octubre de 1983 ingresó como redactora en la revista *Actual Noticias*, chapuza prensaria que nadie habría echado en falta si un día se hubieran suicidado a una las linotipias del orbe. Firmaba sus reportajes como Azucena García, por lo feo que era su nombre de pila y, sobre todo, porque le daba vergüenza aparecer en tal publicación cochambrosa con su verdadera identidad.

Primi se casó con Blas Sáez en agosto de 1984. Vivían desde entonces en la calle Guillermo Pingarrón, en el barrio de Palomeras, en un piso pequeño y rancio heredado de un abuelo de él. La casa vencía para un lado. De entrada, era un desnivel que apenas se notaba en la percepción consciente. Pero meses y meses de tomar sopas de bordes excéntricos respecto a los del plato, de no poder meter en casa un balón que no se pusiera a evolucionar él solo, de que lo fregado del suelo se secara antes por el este que por el oeste... Meses y meses de volver locos a los líquidos del oído habían hecho mella en el ánimo de ambos.

Blas era profesor de Economía en la Universidad Complutense de Madrid. Suena muy bien, pero aquello era un cuerno podrido de marca mayor. Como profesor adscrito, sólo se le requería durante cuatro horas a la semana, con lo que sus ingresos tampoco eran gran cosa, y su centro de trabajo no podía estar más lejos de su domicilio. Con eso y todo, lo peor era que impartía su docencia en la Facultad de Ciencias de la Información, Rama de Imagen, donde el programa académico contemplaba asignaturas tan descolocadas como esta suya. El alumnado despreciaba estos planes de estudios, porque no entendía qué pintaba materia tan prosaica en enseñanzas que ellos querían tan líricas.

Barruntándose esta animadversión, que era cierta, pero a la que Blas quiso ganar por la mano con excesivo celo, el profesor se presentaba ante sus pupilos revestido de una más que postiza antipatía, una actitud de escéptico de recia dureza con la que anticiparse a la previsible hostilidad que pensaba encontrar. Con su forzada mirada torva pretendía infundir un miedo que cercenara por la base el más que posible amotinamiento de los cientos de alumnos que en aquellos días cursaban estudios de Imagen.

La estratagema le funcionó, pero por la retaguardia y sin que él se diera cuenta del verdadero porqué: a Blas se le olía a millas marinas la vergüenza de tener que andar explicando unas materias que todos sabían tan fuera de sitio. Y se le notaba, sobre todo, el pánico a que le insultaran o, aún peor, a que le pegaran por intruso. Llevaba escrito en la cara que su posturita de duro era en el fondo un ruego de clemencia y los chicos, por mor de una lástima que les honraba, se hicieron cargo. Provocaba compasión, por lo frustrados que resultaban sus intentos bobos de dar miedo, así que los alumnos tomaban sus apuntes sin demasiado follón, preguntaban alguna cosa de vez en cuando y sólo chillaban cuando era necesario. Blas, por su parte, vivía en la ilusión de que medio tenía dominada la situación gracias a sus hábiles oficios. Pero tanto teatro, en papel tan desagradecido, durante tanto tiempo, con tan escuálida vocación para la escena, le tenía amargado. La inconsciente sospecha de que todos sabían algo que a él se le escapaba, lo remataba.

Blas y Primi distaban mucho de ser buenos amigos. Quizá por eso todavía les iba bien algunas noches en lo sexual. Mientras hubiera de eso, pensaban por separado, quedarían muebles por salvar. Hacían el amor con cierto afecto y luego siempre pasaba algo que fatalmente les devolvía a su aislamiento. Todo empezaba por alguna nimiedad, como ocurrió un sábado estival tras el amor y antes de dormir, cuando Primi empezó a soplar el cuerpo de Blas con la mejor intención, y que se trae como ejemplo.

—Qué haces —era Blas.

—Para que no tengas calor.

—Pues prefiero que no me soples.

—Como te veo que has sudao...

La cosa seguía por torcerse a partir de cualquier contingencia, que no necesariamente estaba injustificada.

—Ya. Pero es que te huele muy mal el aliento y me llega el tufo cuando me soplas.

Primi se reía-sonreía, todo lo que sabía hacer cuando Blas le daba un corte que, literalmente, sentía en la cara como si se la rajaran con el canto de un folio. Entonces se esforzaba por convencerse de que el comentario hiriente no iba en serio. Y que si iba, ella quitaría hierro hasta que pareciera que encontraba la escena como de broma.

—¡Ay, ay, ay, cómo eres! —decía intentando que pareciera que se lo tomaba a chufla—. Blas, Blas, eres lo más. Je. Je.

La secuencia siempre se desgranaba más o menos así. Al oír esto, también Blas hacía sus esfuerzos. «Blas, Blas, eres lo más» quizá tendría como propósito dulcificar el último minuto del día. Pero a él le encorajinaba oír memeces como esa, así fuera la nobleza de su propósito grande como un latifundio. «Blas, Blas, eres lo más» daba mucho asco, lo mirara por donde lo mirara. Primi se percataba de que la tontuna era una estupidez, pero no podía dejar de soltarla para mantener abierta una conversación que esperaba con ansia que ambos cerraran sin palabras demasiado ácidas. Como no llegaba tal amable coda, porque Blas estaba concentrado en no decir nada y clausurar así el día sin bufar, pues Primi igual repetía la chorrada, u otra peor. Con una intención encomiable, con un tono conciliador evidente, pero que a esas alturas su marido ya encontraba tan insoportablemente cursi que no podía entenderla sino como una tocahuevada en regla.

—Vale, pues buenas noches, «simpático» —decía Primi, por poner un ejemplo.

Que la recompensa a los esfuerzos de Blas fuera una mamarrachada aún más gorda, ya ponía las cosas al borde del acantilado. De ahí a la debacle, un milímetro. Asperezas, burradas varias, ampollas de veneno. Luego los dos acordaban una finalización de urgencia, hacían como que dormían y se echaban a llorar sin que el otro les viera. Lo conseguían. No se veían hacerlo, porque ya estaban a ver si cerrando los ojos entraban en coma, pero era mucho peor: se *olían* llorar, que esos mocos acuosos tienen sus notas olfativas características e inconfundibles.

La redacción de la revista *Actual Noticias* estaba situada en un oscuro piso de la calle Jardín de San Federico («propiedad privada», según pone en su placa). Su director, Emilio Toharia, solía explicar en público que la sede se hallaba «en el barrio de Salamanca». Aneja al barrio mencionado, la calle, dos hileras de nichos alineadas en paralelo, era lo menos parecido a los ambientes que tal ubicación por distritos quería evocar. *Actual Noticias* era una revista «dirigida a un público femenino». Repleta de publicidad, se distribuía gratuitamente en los supermercados Gama, UDACO, MaxCoop, Brillante, Spar y similares, así como en varios economatos gremiales.

Incluía reportajes sobre personajes públicos, consejos para el buen gobierno de la casa, trucos de limpieza, normas de protocolo para distintas ocasiones, sugerencias para turismo interior y dos páginas de pasatiempos. La revista compraba artículos al peso, adquiría los derechos de fotografías de archivo, fusilaba todo lo que podía e insertaba un único reportaje de elaboración propia en cada número (sección encomendada a Primi). Había recetas y crucigramas que ya habían publicado tres veces durante el mismo año, y su departamento comercial encontraba cada vez mayores dificultades para vender módulos publicitarios. *Actual Noticias* andaba de capa caída.

La oficina era un lugar tanto más impersonal cuanto más quería parecer especial. Había pósters por las paredes cogidos de cualquier sitio: el consabido viajero pedante de Úrculo, el fisiológicamente desagradable afiche de Kandinsky, un *traje del emperador* arquitectural, un cartel que anunciaba un antiinflamatorio. Tal era el lugar de trabajo de Pablo, Patús, Laura, Ricar... Jóvenes periodistas y administrativos a los que Primi oía hablar de grandes aventuras urbanas en las calles de Malasaña, que relataban con la misma actitud autoensalzatoria con la que desde siempre se habían contado las depauperadas historias de la mili. Juan Ra, uno que tocaba el bajo en un grupo, se mantenía siempre al margen de todo.

Emilio Toharia, director de *Actual Noticias*, era un sociólogo con la carrera sin acabar (pensaba que *mass-media* era el individuo medio de la masa, u hombre común). Iba descubriendo vocaciones definitivas cada dos o tres años. Lo intentó con el teatro porque le habían felicitado en una función de navidad en COU, estuvo como corrector de estilo para prospectos en una farmacéutica, pasó por una gestoría como administrador, anduvo de comercial en una empresa de componentes y arribó al fin a *Actual Noticias*. Sin haber plantado nada en cada nueva ocupación, incapacitado para encarar los contratiempos, se convencía de que su oficio presente se le quedaba corto, y lo cambiaba. Cada vez, por ocupaciones más complejas. En esta errabundia, Toharia no percibía su impericia para todo. Antes bien, prodigarse de tal manera en menesteres tan diversos era para él la clara sanción a la anchura de sus talentos. Lejos de sospechar su desarbolante pobreza de carácter, se entendía a sí mismo como un hombre universal capaz de consagrarse a mil actividades variadas. Así que transitaba por sus años dejando un reguero de fracaso a su paso, para luego acometer empeños que cada vez le venían más grandes.

En *Actual Noticias*, ya enloquecido por su autoconfianza sin fuste, Toharia parecía querer inventar una nueva figura editorial: la del redactor que administra la contabilidad mientras tira fotografías y maqueta las páginas, coordinando la contratación de anuncios y dirigiendo el departamento jurídico de la empresa. No valía para ninguna de las tareas. Al menos tres redactores de *Actual Noticias*, que aspiraban a publicar narrativa, tenían puestas sus expectativas en componer sendas novelas con él de protagonista: un tipo rematadamente tonto en torno a quien armar un relato cómico sobre la necedad neta. Se encontraban todos con el mismo escollo: comenzaban a escribir las hazañas del iluminado, tomadas literalmente de los estropicios que organizaba, y tenían que dejarlo. El redactor jefe era tan patán que todo lo relatado sonaba a exagerado. Eran tan brutales los efectos de sus cagadas que, transcritos tal cual habían ocurrido, los sucesos parecían inverosímiles falsedades. Toharia no valía ni como material fabulario.

Dotado de una gran retentiva para el vocabulario, no perdía oportunidad de desplegar su palabrería a poco que viniera a cuento, por parecer listo. Así, su habla devenía en un esperpento semántico que lo acercaba a ciertas fases del deterioro mental por consumo de estupefacientes —que él, cobarde para todo, ni cataba. En este empeño por arrollar con lindos vocablos, a Toharia le pasaba lo que le ocurre a quien lanza al ataque todo su material a las primeras de cambio en una partida de ajedrez: que siempre sale perdiendo. La gente lo despreciaba porque siempre estaba en mate.

El lunes diecisiete de marzo de 1986, Emilio salió de su despacho e irrumpió en la zona central de la redacción con la tranquilidad nerviosa de cuando se indignaba.

—¿Quién me ha empleado la máquina de escribir mecanográfica?

Todos los presentes respingaron porque todo indicaba que sobrevenía un nuevo, estúpido enfado. Los tres de la vocación novelera prepararon los lápices y afilaron las orejas.

—¡Que ya os lo tengo reiterado, joder! ¡Que para mí es contrariante que me la toquéis!

—Toharia, si sólo hay cuatro máquinas de escribir para nueve personas —terció Patús, intentando racionalizar el suceso—, pues es que es normal que tengamos que echar mano del poco material...

—¡No hay cuatro! ¡Hay tres, más una cuarta fuera del tiesto que es la mía, fuera de inventariado porque es para uso y disfrute mía sólo!

Los literatos copiaban al vuelo, por no sufrir la regañina al parecer que laboraban y por sacar provecho al torrente. Continuó Toharia:

—¡Que me da mucho asco! ¡Que os ponéis a disponer de ella, os quedáis en blanco, y a meteros el dedo en la nariz! Y los deditos, luego a posarse a las teclas. ¡Y luego, a tocarlas yo! ¡Coño, qué asco!

Lo mejor era dejar que acabara de oírse. Ya volvería a su despacho, a hacer llamadas inútiles y a juguetear con el fax. Pero se fue a Primi, que remataba un reportaje de refrito sobre el mudéjar en Teruel. Ella, que no acababa de adaptarse ni al medio ni a su director, se rogó calma a sí misma.

—*Oyes* —así decía—, una empresa de recursos humanos ha organizado un cursillo para ejecutivos con pánico al avión, o miedo. Les reproducen unos vídeos, les propinan unas charlas y el sábado se los llevan de Barajas a Cuatro Vientos con unos psicólogos-psiquiatras. Vete y les haces un reportaje. Este es el teléfono de Luis Ortiz, que es el de prensa de la empresa.

—¿Tienes el teléfono de inscripciones? —preguntó Primi.

—¡Pero que tú no te tienes que apuntar, que tú vas de prensa!

—Pensaba que ibas a decirme que me inscribiera. Que se trataba de que se creyeran que yo también soy de los que se acojonan en el avión. Para que no se me corten los ejecutivos. Ni los psicólogos, ni los de recursos humanos.

Toharia cayó en la cuenta de que la idea era buena. Pero se empeñaba en disimularlo todo, y en hacer como que siempre estaba al cabo de la calle con su extraño castellano.

—Claro, claro. Vale. Eso es más óptimo. Luego te dispongo el teléfono.

—Gracias.

Por evitar silencios, Toharia se irguió dinámico y se lanzó a hablar de cualquier cosa.

—¡Qué ascoso lo de la máquina! ¡Ahora, hasta que no acuda la de la limpieza, a escribir con mitones de látex!

5

Llegó el día. Tenía que llegar. Era viernes veintiuno de marzo. Comenzaba la primavera y el aire daba señas de que luciría el sol durante la jornada. Se sentía la alegría anticiclónica en el CoyFer, por lo que parecía que concurría más público en el bar que de costumbre. Los tres chicles estaban pegados bajo la barra, ya duros (habrían recuperado su sabor). Por mantener el tipo, Francisco fijó su mirada sobre un trofeo de mus, sin más ademán, durante el tiempo que le llevó decirse la letra de *Rascayú*.

Arrancó las tres bolas, las estrujó en su puño para que nadie las viera y se metió la mano en el bolsillo derecho, el de las monedas. Luego se tomó su café con leche recién pedido con toda lentitud, por razón doble: porque no fuera a ser que alguien notara algo raro en su premura; y porque estas eran las ocasiones en las que el temple se demostraba. Estaba amaneciendo. Hoy había comprado una barra de pan para comérsela sin nada dentro a media mañana, y la llevaba en la universal bolsa blanca de tirantes.

Pagó, miró a la papelera y a ella se fue, pidiendo perdón por cada tropiezo en su salida del local. Ya en la calle, en un gesto que llevaba meses ensayando, hizo como que se sacaba el chicle de la boca y lo tiraba a la papelera. De paso, metió la mano, y rebuscó con indisimulado disimulo entre la inmundicia. No era mucha, porque ciertas costumbres estaban aún poco arraigadas, y las papeleras de la vía pública servían más como soporte publicitario («Wanda, muebles y cosas») que como contenedores de desperdicios.

Dentro encontró la caja de una batidora Moulinex. La cogió, fingiendo el absurdo de que se había desecho del electrodoméstico por error, y recorrió toda la calle buscando un bar que no fuera el CoyFer y en el que no hubiera demasiada gente a esas horas. Se metió en uno que se llamaba Alegrías, en la calle Müller. Pidió un trifásico, que qué menos ante la que se avecinaba. No se quejó cuando la chica que atendía la barra le sirvió un Trinaranjus, confirmando que la mezcla de las tres bebidas blancas era una creación de la que apenas se tenía noticia fuera del CoyFer. Dio un sorbo al refresco y se fue al cuarto de baño con su paquete, como si fuera a desatascar el váter con las aspas de la Moulinex.

Allí encerrado, Francisco abrió la caja. Encontró dentro una pequeña llave, un billete de mil pesetas, un taco de explosivos, los cobres para armarlos, un temporizador y un folio mecanografiado con las instrucciones, sellado con un tampón que parecía fabricado con una patata. Según el documento, Francisco debía irse enseguida a la Consigna de Barajas para estar allí a las nueve de la mañana. En la sala no habría nadie. Tenía que abrir la taquilla número 20 con la llave adjunta y recoger lo que encontraría dentro: un sobre azul con 42.000 pesetas y las indicaciones acerca de qué hacer con el dinero. Luego, componer el detonante, conectarlo a la goma y volar la taquilla, con el triple fin de borrar huellas, de liar gresca y de salir en el periódico «para montar repercusión».

Dispondría de veinte segundos entre la conexión del circuito eléctrico y la deflagración, con lo que tendría cierto tiempo para alejarse del lugar. Las mil pesetas iban en concepto de compensación por la remuneración que no percibiría durante aquella jornada sin camisetas (con un pequeño plus, como se comprueba si se echa la cuenta). Francisco arrojó la nota al retrete y tiró de la cadena, empujando el papel con la escobilla. Le hizo gracia lo exiguo de la cantidad a rescatar.

—Cuarenta y dos mil pesetas. Qué nivelazo, qué envergadura. Esto está creciendo.

En la década, y tras el torrente de matriculaciones universitarias propiciadas por *La gran familia* y *La gran familia y uno más*, las facultades estaban repletas de gente. Las profesiones con más futuro, sin embargo, se escondían fuera de los campus. En la mayor parte de las capitales, los estudios de informática se impartían en periféricos institutos de la desprestigiada Formación Profesional, los de diseño en alicaídas escuelas de Artes y Oficios y los de idiomas en destartaladas academias semioficiales instaladas en pisos. Los estudios de recursos humanos se aprendían por ahí, a la luz de nuevas formas de hacer las cosas. Era gente muy lista que estaba inventando nuevas ocupaciones. Sin embargo, eran vistos con cierta pena por los que habían ingresado en la universidad para estudiar la carrera que les había asignado el sistema de corte.

Un grupo de desahuciados del Gaudeamus Igitur había creado You-Tu, una entidad que organizaba cursos especiales dirigidos al ámbito empresarial: sobre psicología aplicada a las comidas de trabajo, sobre el protocolo en países del Tercer Mundo, sobre el lenguaje de las extremidades en reuniones de empresa, sobre técnicas antifobia... La del cursillo para ejecutivos con miedo al avión era nueva en el catálogo, y había encontrado muy buena acogida.

Aquel veintiuno de marzo, en medio del pasillo de un pequeño aeroplano de treinta plazas, el psicólogo Juan Ignacio señalaba al monitor, donde se leían las palabras SOSIEGO, TRANQUILIDAD, PAZ, BIENESTAR. Ante él, con los cinturones de seguridad abrochados, un grupo de empleados de alta remuneración seguía la charla. Todos muy trajeados, sudando de miedo la gota gorda. Entre ellos, mimetizada, como uno más, iba Primi. Que adoraba volar y que, meneando el boli y las rodillas, parecía estar realmente acojonada.

—¿Tenéis cada uno vuestro portafolio? —preguntó el psicólogo con voz dulce, pero convincente.

La frase era todo un esquema del espíritu de los tiempos: el tuteo en el trato empresarial, la personalización cariñosa y el portafolio, palabra recién incorporada al idioma, tan novata que era común oírla trastocada en *portfolio*. Aludía a toda carpeta en la que vinieran documentos, siempre y cuando el diseño de continente y contenido se hubiera llevado a cabo con cierto esmero.

—Lo importante es dominarse —continuó Juan Ignacio—. Es sólo un avión, con butacas tan cómodas como las que podáis tener en vuestras casas. Si el pánico os sobreviene, pensad en algo agradable.

La pantalla del monitor cambió a un hermoso paisaje escandinavo. A Alcides, un chico muy guapo de veinticinco años que hablaba muy bien francés, le había tocado al lado de Primi. Se dirigió a ella, hablando muy bajito y muy asustado, como no quería mostrarse.

—Yo no es tanto por el miedo a volar como por la experiencia... Je...

El avión despegó. Con toda suavidad, como un ala delta, con clima favorable, con música relajante, con whisky y pastillas de todos los colores a bordo. Pero dentro de la nave, el pasaje completo gritaba aterrorizado como si el aparato se elevara al éter incierto con todos sus motores en llamas. Primi, desesperada por que no se le notaran las carcajadas, iba soltando sus grititos de vez en cuando para disimular entre tanto rebuzno tan ejecutivo.

Cuando el aparentemente entero Alcides se arrancó a chillar fuera de sí, Primi ya lloraba de risa, escondida tras su bloc de notas. Quiso transcribir la grafía de los alaridos de su compañero de asiento y garabateó las palabras «Grulji» y «Jrarl-rukirriki» con la letra imposible de quien no domina las convulsiones de su estómago burbujeando de risa y de quien, por vez primera en mucho tiempo, siente el placentero flujo de la carcajada haciendo el bestia por la sangre de sus venas. El psicólogo Juan Ignacio se desgañitaba con la mejor voluntad y con la sensación de que este trabajo no le compensaba, porque lo pasaba muy mal. Gritaba a la galería:

—¡Acordaos de lo que hemos dicho de pensar en un lago con veleros! ¡Y unas montañas al fondo!

A esa hora, Francisco viajaba en el autobús que cubría el trayecto Plaza de Colón-Aeropuerto de Barajas. Llevaba su embalaje de Moulinex (con su bomba) y su bolsa-camiseta, (con su barra de pan), que parecía que iba a la terminal a preparar un puré de miga. Encinchado por el miedo, iba pariendo reflexiones ácidas. «Al atentado en autobús. Sí que estamos mal de medios en el GRAPO». Miró su almuerzo. «Ahí va el terrorista. Con su *pistola*».

Llegó al aeropuerto despiezado de miedo. Allí imperaba el conflicto, a cuenta de peliagudos desajustes horarios. Se estaban suspendiendo vuelos y había retrasos descomunales en llegadas y salidas. Lo que se chillaba por megafonía no contribuía a acendrar la desesperación de los pasajeros porque diera malas nuevas, sino porque no se entendía nada, y el viajero sentía que se hablaba a sus espaldas sobre temas en los que era él el más concernido. Como con tantas experiencias sufridas en carne propia (hambre, pudor, vergüenza, aburrimiento), Francisco colocó sus sentires en la probeta de la observación. Se trataba de contemplar cada emoción intensa (hoy, el pánico) como quien examina una punta de sílex en la vitrina de un museo etnográfico.

Así que: el miedo agudo le inducía, según comprobaba, a una incesante vibración del párpado izquierdo, que empezaba a darle apuro (porque a ver a dónde iba ese con ese vacilón). Y a unas intensísimas ganas de fumar Rex, pero después de haberles arrancado el filtro. Por dentro del ánimo, el terror provocaba ansias de comprar ropa bonita y de empezar a ir más aparente por la calle, de tener la casa más recogida y de comenzar a estudiar inglés, guitarra, con aprovechamiento. Aprender algo por lo que la gente le admirara al mostrar altos niveles de destreza, en esas materias o en materias cualesquiera.

Poco después de llegar al vestíbulo, Francisco se encontró con la figura panocha de un holandés que le abordaba para preguntarle por *international arrival*. El activista de los chicles iba tan asustado que sintió como primer impulso el deseo de responder al holandés que no podía atenderle porque iba con todo el compango para organizarla buena en la Consigna. También anotó tales reacciones en el cuaderno figurado de sus análisis, y cobró conciencia de la necesidad de precaución ante posibles traiciones de su propio pánico. Luego abonó la matemática, durante zancadas y zancadas de caminata, enredado en cálculos mentales que ahora no servían para nada: 42.000 pesetas son 10.500 etiquetas cosidas en sendas camisetas de las que fabrican en San Fernando; que fue el pueblo de la Constitución de Cádiz, que redactaron unos señores que anduvieron asediados, como Astérix en su aldea; que el galo pequeñín sería posiblemente amigo del caudillo Vercingetórix, porque el enemigo romano era común; que igual el histórico adalid fue a alguna de las cenas de la última viñeta, a comer jabalí; que quizá en una de ellas le cupo el honor de apretarle la mordaza al bardo, para que no diera más la murga, ya. Ahí lo dejó.

Llegó a la Consigna. En efecto, no había nadie en la sala. Francisco se fue a las taquillas perdiendo el paso y rastreó la número 20. Se arrodilló ante ella y rebuscó nervioso la llave entre los varios objetos que convivían sin fricciones dentro de la alargada caja de la Moulinex. Al fin la encontró. Abrió la portezuela. Sacó el sobre azul, que efectivamente allí estaba, y se lo guardó en el bolsillo interior de su cazadora de plástico.

Quedaba la segunda parte. Se aplicó a armar la bomba, esa de destruir las pruebas y enseñar los dientes. Mientras casaba los cables entre sí y los hundía en la goma, Francisco sintió fracciones de evocación que marcaron el paso al desfilar por su cerebro: el naranja subido de la banda que adornaba el envoltorio de los videos «Pleasure Image», los zapatos verdes del mastuerzo de la nave, la T doble de Benetton, media lechuga que había en la papelera de enfrente del CoyFer cuando le tocó recoger lo de hoy, las gomas elásticas en la muñeca de los carteros, el cordón de cola que pegaba el acetato transparente a la tapa de la caja del tren malogrado, los dos ceniceros de Segovia que embellecían el armario mural de su casa. Cayó en la cuenta de que Rdo. era la abreviatura de «recuerdo», se le ocurrió la idea para él grotesca de que las etiquetas de las camisetas fueran cosidas por fuera, como se lucen hoy, y trenzó los dos últimos cabos de cable. Mentalmente, cantó la cuenta atrás comenzando desde veinte, mientras metía en la taquilla todo el material empleado y se disponía a incorporarse para echar a caminar a trote ligero.

A la de dieciséis, cuando Francisco aún permanecía pegado a la taquilla, la goma estalló. Lo hizo en tres tramos mecánicos (un chorro de gases en expansión, una explosión leve, otra más severa), denotando que la detonación no seguía su proceso correcto. La chapucera mezcla de plásticos convertía aquel explosivo en un ridículo petardo bufo. Que, no obstante, alcanzó a Francisco en el anverso de la mano derecha, provocándole una hemorragia, y en la manga de su cazadora, que quedó desgarrada con un corte de cuatro dedos. Haciendo esfuerzos por recuperar la capacidad de enfoque visual y oyendo zumbidos por todos lados, salió corriendo del lugar, aterrorizado por la sorpresa. Huyó trastocado por lo que él calibró como un estruendo cataclísmico. El enlace del GRAPO que había acabado regodeándose en el quieto silencio de su pobreza; el topo que había aprendido a cogerle el gusto a estar en casa con los pies en alto, oyendo la radio y retocando a lápiz las fotos de *El País*; ese, ese era quien había juntado las docenas de decibelios que pastaban en el limbo del ruido y quien había provocado lo que tasó como un sartenazo sonoro que le hizo sentir pudor primero, vergüenza después y, luego, deseos de pedir perdón a todo el mundo por megafonía.

Lo cierto es que la deflagración, de bien discreto volumen, sólo se oyó en las salas contiguas. Donde no había tampoco mucha voluntad por emprender pesquisas ni averiguaciones, porque con los retrasos y las cancelaciones andaban las cosas como andaban. En un almacén anexo, dos guardias jurados de diferente tono de cabello y un policía con la cara magullada sintieron la somera deflagración. Se dirigieron a Consigna haciendo tiempo y se encontraron con la portezuela de la taquilla descompuesta y una caja de pequeño electrodoméstico dentro, que ardía sin fragor alguno.

—¿A quién llamo? —preguntó el jurado moreno.

—Déjate de llamar, que nadie se ha enterado —le dijo el rubio.

—Pero habrá que dar parte...

—Y un rabo. Está Barajas con retrasos de horas y todo el mundo está que trina.

Dos viajeros intrigados se asomaron a la sala de Consigna.

—¿No han oído ustedes como una explosión? —preguntó uno de ellos a los uniformados.

El policía no tenía ninguna gana de charlar con nadie.

—Que se me ha explotado el mechero. Hale.

Los viajeros volvieron a su espera. Los jurados y el policía se aprestaron a recomponer la portezuela mientras reflexionaban sobre lo que había ocurrido.

—Se lo han llevado todo —dijo el policía—. Menos una batidora, todo.

El jurado rubio, lo que se sentía de verdad era camarero de bar de desayunos. Sabía reírse de todos sin que se le notara, como los buenos de su gremio.

—Esa es la esencia de lo que es robar: que haya menos cosas después de la mangada. Que no haya, incluso, nada.

—¿Y si denuncian?

—Que denuncien —dijo el policía—. Todo está presupuestao. Y las indemnizaciones por robo, lo primero. Pero, por favor, hoy, a callar. Que a mí dos ingleses me han hecho esto —se señalaba el abollón de la cara— por querer explicarles que esto de los retrasos, en Barajas, es el pan nuestro de cada día.

El avión de You-Tu acababa de aterrizar. Primi cruzaba el vestíbulo de muy buen humor, con el recuerdo de todo lo visto y agarrada a su bloc de notas. En su artículo pensaba alabar la previsión de la empresa organizadora, que traía a los cursillos toda una batería de celulosas en diferentes presentaciones para limpiar las emisiones líquidas y semilíquidas de los asistentes. Alcides le había llorado. Al final fue ella la que le dio su teléfono, porque le vio realmente afectado. Y si pasado el susto la llamaba, qué leches, pensaba quedar con él. La mañana de risas y romance tonto pedía a gritos un botellín frío, que iba a saber mucho más rico si descargaba antes.

Entró al cuarto de baño de señoras, y la sonrisa con la que llegaba se le abrió más ancha cuando, en recinto tan previsiblemente fétido, percibió un delicioso aroma en el aire, que aspiró con delectación. Aquel olor la transportaba. Era un recuerdo de infancia africana, un aroma de *toilette* occidental que paradójicamente le llevaba de vuelta a la trocha selvática y al cielo tropical.

—¡Mmmm...! ¡Nenuco!

Iba a pasar a uno de los camarines cuando oyó el agitado ruido de la expendedora de toallas de papel, que provenía de detrás de un recodo de los baños. Primi se asomó, porque sonaba a que alguien estaba con problemas de los que luego ella reportaba. Respingó al toparse con un hombre junto al lavabo, que pegaba tirones a la máquina de chapa cromada y sacaba hojas y hojas para fabricarse una venda. Con la mano sangrando, y custodiando una barra de pan metida en una bolsa de tirantes.

—¿Te pasa algo? —preguntó Primi.

—No... Que me he cortado con la navaja suiza. No pasa nada.

El del pan salió casi corriendo, lamentándose para sus adentros por haberse extendido en explicaciones. Lo de la navaja suiza era una memez que pretendía barnizar de creíble cotidianidad la escena pero que, para su perjuicio, estaba dotando de agarraderas icónicas a un sucedido ya de por sí extraño: un color (el rojo de las cachas) y otro más (el blanco de la cruz de la bandera); una forma (la de salchicha de la navaja) y otras muchas más (destornillador, lima, tenacillas, sacacorchos, tantos accesorios tan útiles). Toda la vida con la boca cerrada y cuando mejor ocasión se presentaba para callarse, iba él y se ponía a rajar. A rajar con la navaja suiza.

Primi, regodeándose en la idea de que tocaba jornada de contrapuntos (alaridos borrascosos en cielos despejados | sangre masculina en baños femeninos), entró al camarín del retrete. Allí, tirada en el suelo, encontró una nueva sorpresa. Alguien se había dejado una cartera negra.

6

Francisco también hizo la vuelta en autobús. Iba mascando su estupor a cuenta de la chapuza de petardo, indignado por esta nueva muestra de respeto marrano hacia su tarea. Alguien había compensado mal los plásticos, o se había dormido, o estaba viendo videos de «Pleasure Image» mientras operaba con los materiales, y aquello le podía haber matado. No tenía la certeza de que la caja de la batidora y el resto de trastos hubieran sido destruidos, y le dolía la cabeza mucho más que la mano. Al menos tenía el sobre azul en su poder. Se aseguró de que ninguno de los viajeros del autobús pudiera verle y lo sacó de su cazadora. Lo notó demasiado delgado como para ocultar 42.000 pesetas. Abrió una puntita, miró dentro. Luego lo abrió del todo. El sobre estaba completamente vacío.

Ahí se indignó del todo. No podía más. Solo se sintió siempre. Pero tan solo, nunca. Despreció los remilgos según los cuales era pecar de soberbia pensar que, otra vez más, nadie había cumplido con su parte más que este idiota: él mismo. Estos eran sus socios, que aquí se retrataban. ˙

El autobús llegó a Colón. La consigna era bajar al CoyFer una vez perpetrada la acción, a esperar instrucciones. Pero a las siete de la tarde, en vez de a las siete de la mañana. Francisco se fue andando Castellana arriba, cogió Capitán Haya, llegó a la Ventilla, hizo tiempo en casa curándose la avería y se bajó al bar poco antes de la hora marcada. Por la tarde, el CoyFer parecía otro. No había nadie, como si el oxígeno disponible se hubiera agotado a mediodía y la parroquia hubiera abandonado el local temiendo su asfixia. Pidió un trifásico y le dolió que Concha se siguiera esforzando, también por las tardes, en ser amable con él.

—Ya a esta hora, pues una copita no viene nada mal. Je.

—Je.

Palpó su trozo de aglomerado bajero, a ver como era vespertino. Le frustró que tanto madrugón y tanto sobeteo oculto sólo hubieran valido para ponerle en serio trance de captura, con riesgo para su vida como propina. Bebió de lo blanco. Le resultó intragable, pero dio otro sorbo y le pesó como una losa la incertidumbre respecto a lo que ocurriría ahora. En la de cal, le urgió comunicar que en el sobre no había nada, pues supuso que ese dinero estaría destinado a algo importante. En la de arena, le alegró la perspectiva de conocer a partir de esa tarde a alguno de sus correligionarios, a aquel enlace que viniera a darle instrucciones nuevas. Quizá fuera una chica. «Una *enlacesa*», se dijo.

A las diez de la noche todavía no había aparecido nadie. Entonces, todas sus reflexiones (las estratégicas sobre la marcha de la operación, las amistosas a cuenta del contacto) le parecieron las de un zopenco. No había nada en qué reparar, nada de lo que informar y nadie en quién confiar. Todo había salido mal porque todo era una puta chapuza desastrosa. Nadie iba a venir porque igual el enviado tenía un tren eléctrico y estaba jugando a hacerlo circular por las vías con su novia.

Miró a la tele del CoyFer. Pilló un anuncio de tónica en el que un cuarentón de gafas adelantaba en un descapotable a un grupito de jóvenes ciclistas muy alegres y sobradas de ilusión, y les dirigía sus saludos como diciendo: «Ay, qué mozuelas que sois. Deseo que disfrutéis de vuestras pícaras tropelías tanto como yo disfruté en mi día de las mías. Siempre que os sepáis divertir sobre la bici mientras toque bici, perded cuidado: llegará el momento de divertiros sobre el descapotable cuando toque descapotable. Condesciendo con vosotras». «Tu vida cambió, no eres como ayer», etc., decía la letra de la canción, adaptación de otra que le sonaba mucho de haberla oído en la radio alguna vez. El de las gafas era un actor francés al que había visto hacía años en una película de esas que ponían en la tele en los setenta sin venir a cuento, por ajustar programación o algo así. En el filme, una comedia despampanante, el de la tónica quedaba más afianzado en su puesto de trabajo cuanto más salvajes eran sus intentos por conseguir su despido.

La idea de dejar plantada a una entidad a la que se pertenecía (laboral, en el caso de la película) le puso de buen humor. Recordó la cinta por ver a su protagonista en el anuncio, recorriendo Francia como si los dos personajes encarnados por el actor fueran el mismo. Uno, partiéndose la cara por conseguir su carta de libertad.

Otro, efecto de su exitosa consecución: ya más tranquilo, levantando la mano para decir adiós, nos veremos en la carretera de la vida, a un ramillete de muchachas. Estaba de la banda hasta las meninges. Admiraba el coraje leal de sus miembros y su ascetismo sacrificado le parecía norma de vida. Enemigo ludista de las máquinas, no quería el descapotable, no quería perderse por Francia, no quería saludar a nadie, las mujeres le daban miedo (como las máquinas), no quería cruzarse con nadie en Bravo Murillo cuando lo recorriera a pie, y menos con chicas que se rieran con disimulo. Pero estaba de la banda hasta las putas meninges. Ya sólo quería salirse de aquel club de locos. Pero, ¿a quién le iba con la cosa? ¿Ante quién renunciaba?

Estuvo a un tris de contárselo todo a Fermín y a Concha, tales eran sus ganas de darse de baja. Se preguntaba si ellos dos estarían tan metidos en el GRAPO como él. Los examinó. Fermín echaba su siesta tardía. Dormía sentado en un taburete, tapado con una manta que, colocada sobre la coronilla, le cubría todo el cuerpo. Concha se reía de él porque parecía un loro encapuchado durmiendo en su alcándara. La pequeña Yolanda, la hija de ambos, hacía los deberes sobre una de las dos mesas del bar.

—Mamá, ¿cuáles son las partes de la flor? —preguntó.

—Pétalos, rabito y olor.

No daba la impresión de que militaran en ningún sitio. Pensó que a estos pobres era mejor dejarles en paz. Al fin y al cabo, él aspiraba a parecerse a ellos. Como notó su tintineo, pagó con las medallitas de su bolsillo derecho. La Providencia iba a dejarle descansar esa noche, ajeno aún al hecho de que había perdido en Barajas su capital grande, el de la cartera de las magnitudes macroeconómicas.

Al día siguiente, sábado, veintidós de marzo, Francisco cogió *El País* por ver si traía algo de lo de Barajas, y luego tomó el 49 para ir al taller. Sentado en el último asiento, escrutó el papel ansiosamente. No venía nada. El nulo eco, supuestamente, le beneficiaba, y eso era mejor a que saliera él en portada, con su barra de pan, dándole a la electroquímica de reacción. Pero le indignó que el acto no hubiera merecido ni una línea en el periódico. Volvió a la última página y otra vez repasó todo el ejemplar, rebuscando nuevas sobre explosiones entre la programación de la tele, los toros, la sección de «Internacional». Ni una mención. Imaginó un grotesco departamento de prensa que habría que crear en el GRAPO para que los periódicos hablaran de sus acometidas. Una empresa de comunicación con azafatas, fax, diapositivas, portafolios. Durante la tercera lectura, le llamó la atención un titular: un apostante anónimo que rellenó una sola columna de la Primitiva percibiría doscientos tres millones de pesetas. Se sonrió, recordó su boleto de la plaza de Santo Domingo, sintió curiosidad y echó mano a su cartera. No estaba.

Escudriñó todos los bolsillos (tropezó con servilleta de papel, cuartilla para apuntar cosas, Rex, mechero, bonobús), pero nada. Se topó con llaves y monedas (bolsillo derecho del pantalón), chicles, lápiz y una alubia de amuleto (bolsillo izquierdo), pero nada de carteras. No podía ser. ¡Acababa de cobrar! ¡Y con un extra de mil pesetas! Se alarmó como si lo hubiera perdido todo. Al fin y al cabo, al extraviar las casi tres mil setecientas pesetas que había en la cartera, eso era precisamente lo que le estaba ocurriendo para lo que quedaba de semana.

Trabajó agobiado, como si coser más deprisa le fuera a reportar el dinero que acababa de perder. Después de los dos trifásicos que se tomó durante tres horas de espera el día anterior, y después del autobús y de comprar *El País*, Francisco tenía una moneda de veinticinco pesetas y tres de cinco por todo capital. Se volvió a casa muy tarde, consciente de que en la nave no encontraría ocasión de gastar. Regresó a pie, ya de noche, esquivando los grupos de jóvenes con pintas. Escuchó varias veces lo de «¿Tienes un cigarro?», que le sonaba a agresión segura. Llegó a casa muy insultado, pero sin averías. Se comió unas lonchitas de mortadela y un trozo de *pistola* muy dura que imaginó *biscotte*, reservando lo que pudo para los días venideros.

Para el desayuno del domingo había media pera. Llevaba horas sin fumar, deseándolo no tanto por la adicción nicotínica como por lo eficaz de los Rex para distraer el hambre. Escuchó la radio, se evadió contando la media de preposiciones por página de *El País* y bebió vasos y vasos de agua, pegado al infiernillo de la cocina. Un poco antes de las dos de la tarde ocurrió lo que no había ocurrido jamás: que llamaron al timbre.

Francisco se asustó al oírlo, con la angustia de quien siente sobre la cara la metralla naranja de la bombona de butano que explota en casa del vecino senil.

Como quien avanza pisando cristales, Francisco se arrimó a la puerta. La mirilla estaba tan sucia que al mirar por ella sólo distinguió una figura que le pareció femenina. Tras mucho dudar, abrió sin quitar la cadena. Era Primitiva García, que para cuando se puso a buscar un buzón de correos en el que abandonar la cartera ya se había cruzado Madrid. Era Primi, que, en el fondo, se estaba evitando otro domingo en casa con la excusa de su civismo.

—¿Francisco García? —preguntó.

Sintió el pánico de quien lleva años sin oír su nombre en boca de otra persona, y va, y lo oye.

—Esto estaba en el váter de Barajas —le dijo Primi tendiéndole la cartera.

A Francisco se le abrieron los cielos. Pero sólo una raja, porque todo era muy raro.

—Cómo sabe dónde vivo.

—Por un resguardo de Correos que llevas dentro —contestó—. Lo que no he encontrado ha sido el DNI. Es bueno que lo lleves, por si pasa algo.

Francisco tomó su cartera. Cerró la puerta en la mismísima cara de Primi, tan desacostumbrado estaba al trato con las personas. Luego abrió la billetera con gran excitación. Ahí seguía el dinero, qué alivio más grande. Caminó por la casa para airear la tensión. Después se bajó a por la bolsa de patatas fritas Leandro y la botella de refresco Blizz Cola, porque era domingo, y se iba torturando por la calle por no haberle dado a la chica ni las gracias.

El lunes veinticuatro de marzo, rico otra vez, Francisco viajaba en la última fila del autobús, casi vacío. Con lo ahorrado durante el fin de semana, y eximido de andar husmeando bajo el tablero de ningún sitio, había desayunado churros en el bar Avenida, de Bravo Murillo, 350. Planeaba acudir a las siete al CoyFer, necesitado de noticias como estaba, pero le sublevaba que su decisión de olvidarse del GRAPO se cifrara en fidelidad de esta naturaleza. Se repetía a sí mismo que qué clase de débil de espíritu era él, que su sentido de la responsabilidad le movía a hacer lo que en su banda no estaba haciendo nadie: actuar según lo acordado. Se sentía en la obligación de abandonar el trabajo a las seis y dejar de ingresar por etiqueta cosida para volver al CoyFer, a quedar como un oscuro delante de los dueños y a dejarse lo menos cien o ciento cincuenta pesetazas en trifásicos para que, de nuevo, nadie apareciera. Francisco estaba resultando ser aquel soldado japonés del mito, que defiende una roca en el Pacífico durante media Guerra Fría.

Ante Francisco viajaba un jubilado que leía el *ABC*, acercándose mucho el periódico a la cara. El diario abundaba en la noticia del acertante anónimo de la Primitiva, que no aparecía por ningún lado. Venía publicada la combinación ganadora, que parecía la clave de una inmensa caja fuerte. Francisco sacó su cartera y comprobó su boleto desganadamente. Miró sus números. Eran el dos (pensó en bivalvos), el doce (en las horas del reloj), el trece (en la mala suerte), el catorce (en las quinielas), el cuarenta y cinco (en Hiroshima) y el cuarenta y nueve (pensó en el autobús 49). Los números premiados eran los mismos que los suyos, uno por uno, en fila india, sin que sobrara ni faltara ninguno.

Francisco miró por la ventanilla del autobús. Le pareció ver a un astronauta a caballo, circulando por la izquierda de la calzada y esgrimiendo un tenedor en la mano con una tortuga pinchada por la parte del duro caparazón. Sería una visión, pero es que tocaban visiones. El periódico del viejo era el *ABC*. Se preguntó si en *El País* igual venían otros números. Ninguna persona le vio ver cómo veía lo que vio. Hizo como que no pasaba nada. Pero claro que pasaba. Que le acababa de tocar el dinero que habría ganado cosiendo cincuenta millones setecientas cincuenta mil etiquetas. Guardó el boleto en el bolsillo recóndito de su chaqueta «de *termoforro*» y se comió una uña.

El autobús se detuvo en nueva parada y abrió sus puertas. Una muchedumbre de niños de excursión subió al vehículo, montando una jarana aterrorizadora, pegando gritos y luchando a pescozones por coger sitio. Tres de ellos quedaron muy cerca de Francisco, y no cejaron en su ferial de ademanes. Él se arrellanó en su asiento, como protegiendo de los críos el bolsillo interior de su cazadora sempiterna. Bajó en la siguiente parada y salió a Castellana. Se fue en el 147 a la plaza de Santo Domingo, donde el boleto comprara, procurando no ponerse a chillar tampoco en este autobús de sentido sur. Era, francamente, muy difícil.

7

En *Actual Noticias* siempre sonaba el rumor de gente quejándose en voz baja. Creían los empleados que si las palabras no se entendían con nitidez, Toharia no tenía por qué saber que le estaban haciendo trajes. La murmuración se nota siempre, y en otro caso, tal torpeza habría puesto en evidencia a los del runrún. Pero el error aquí no tenía consecuencias, porque a Toharia no le cabía en la cabeza que se conspirara contra él. A Primi le habría gustado desollar con sus colegas, pero en los corros se sospechaba que la de Reportajes era confidente de Toharia y ella notaba que no era bien recibida.

El director se fue a Primi, con algún tropiezo más en el caminar de lo habitual. Le habló en tono quedo. Con sus dislocaciones verbales, con su desasosiego connatural y con el tono misterioso del que los literarios habrían destilado buenas páginas, de haberle oído.

—Oyes... ¿Estás correcto? ¿Te encuentras confortable?

—Pues... sí, vale, bien.

—Mira, óyeme. Me he metido en un lío, morrocotudo lío de los de toma pan y moja. Les he dicho a los de la editora, expuesto, que tengo localizado al tío de los doscientos millones de la lotería y apuestas del estado. Todo en exclusiva. Y es mentira, porque no lo tengo. No sé ni quien es, así que es mentira.

Primi estaba al tanto de lo del premio. Sabía también que el afortunado permanecía en el anonimato. Notó vulnerable a Toharia, por efecto del chocho que al parecer tenía encima, y adivinó sin parecer que valga que se le iba a empezar a confesar, amedrentado, por hablar del tema con alguien. Con el fin de ganar tiempo para pensar qué hacía con tal ventaja, soltó una ocurrencia.

—Igual es una tía.

—Igual es una tía, sí, qué feminista, digamos recalcitrante, eres, je. —Toharia era un simple.

Primi sabía que al director le reconcomería las tripas que la muerta de hambre de Reportajes le pidiera explicaciones en tono reprobatorio. Le pareció que disfrutar de ello era hacer buen uso de su posición un peldañito superior, y le salió con una locución que a ella, particularmente, le sentaba muy mal cuando se la soltaban:

—¿Y para qué haces eso, joder?

—Es que para este número —también a Toharia le molestaba la fórmula— sólo hemos conseguido cinco anuncios de página completa, y nos exigen un mínimo-base de diez, o cifra a mayores. O sea, que tenemos la mitad algebraica. Están realmente muy enfadados. Y no he sabido decir otra cosa —estaba cada vez más nervioso— para que no me sufrieran represalias a mí. Se han aplacado cuando he concernido la idea de proponer que acepten la idea de una seguiduría periodística al del premio. Una subsección semanaria de cómo este se emplea el dinero, en qué lo gasta, qué hace con ello. Así, durante un año.

—¿Quieres que le busque?

—Pues sí. Te lo mando, porque para ti es un año de trabajo seguro. Te lo ruego, pero también te lo mando, suplicando. Acaba ligero con lo del repelús al avión.

Lo había entregado ayer. «Con una antelación de dos días», pensó para sí.

—Oyes. Me salvas la vida si lo encuentras.

—Bueno.

—Oyes. Está toda la prensa detrás de encontrarle para historiar su historia. Lo cual significa que cuanto a más cautela le eches, más positivo.

—Y cuanta menos cautela, más peor —se rio Primi de él veladamente.

La periodista recogió su bolso y su utillaje profesional y enfiló hacia la puerta. Se detuvo antes de salir porque cayó en la cuenta de algo que no le hacía gracia. Se volvió hacia Toharia y avanzó otro pasito de audacia.

—Oye, ¿vas de coña?

Toharia estaba muy poco acostumbrado a que sus subordinados le interpelaran. Pero es que le iba mucho en encontrar al de los millones, así que no la montó.

—Lo qué.

—Que yo me llamo Primi por Primitiva. Y me encargas a mí lo de la ídem.

Toharia no sabía nada. Ni del nombre de Primi ni del de la mitad de sus empleados.

—¿Te llamas Primitiva? —preguntó.

—Pues sí.

—¿Pero tú no eres Azucena de nombre?

—Firmo Azucena. Pero me llamo Primitiva.

—Ah, qué tontilería. Pues no había caído.

Primi se fue, murmurando que era la revista como para encima firmar con el nombre verdadero. Dentro, todos quedaron en silencio. A Toharia se le acababa de alegrar el día.

—Primitiva... ¡Qué nombre más feo, joderse! —proclamó ante todos—. ¡No me extraña que se ponga pe-seudónimo!

Nadie celebraba nunca a Toharia, por antipatía manifiesta. Pero el descubrimiento del nombre real de Primi le hizo gracia a toda la redacción. Así que rieron con el director. Toharia, que se vio artífice del ratito de cachondeo, fue el primer sorprendido. Le sonaba de algún cursillo que estas pizcas de distensión eran a los equipos humanos lo que el lubricante a los ingenios mecánicos, y aquella tarde se sintió dirigente. Configuró mentalmente la organicidad de su identidad laboral: serio de habitual, cercano cuando tocaba, popular a días sueltos. Juan Ra le hubiera rajado un pómulo con el cúter de abrir paquetes.

Medio escondido, Francisco se llegó a la plaza de Santo Domingo. La administración de lotería estaba repleta de curiosos. Cuatro o cinco policías rondaban por si se producían tumultos, tan grave podía llegar a ser la que él había montado sin querer. Asustado ante tanta expectación, se metió al parking por la entrada de peatones. Buscó el rincón más oscuro y el momento más callado para sacar su boleto y leer las prosas del reverso, con su extracto de la Resolución que regulaba los extremos del juego. Nada de lo que ponía le beneficiaba.

Según el texto, los premios de cierto empaque se cobraban en las delegaciones comerciales del Organismo Nacional de Loterías y Apuestas del Estado o en entidades de ahorros autorizadas. Sólo previa presentación obligatoria del DNI. El que tenía todo el mundo menos él. Por esto del carné, toda opción de cobranza quedaba sumergida en el alquitrán de lo improbable. Había un plazo de tres meses para la percepción del dinero. Que, en este caso, expiraba el viernes veinte de junio. Sólo quedaban tres meses para rascarse la cabeza e inventar algo. Canturreaba tontunas («Viernes veinte, viernes veinte, viernes veinte. Vente el viernes»).

Se dio cuenta de que no era que el tiempo hábil para la percepción del premio fuera breve, sino que la dimensión temporal perdía aquí todo sentido. El tramo de cobro era de noventa días. Como si hubiera sido de noventa siglos: sin DNI daba igual. Todas sus posibilidades de opulencia estaban cerradas, con lo que estaba como ayer. Disponía de facto del mismo dinero, pero sufría hoy un amasijo de preocupaciones de nueva entrada que era como para meterse en la cama a sudar la desgracia. A las mientes le venían frases lapidarias: «En este parchís me tocó el dado que no tenía cinco», «Mis patines de hielo corrían mal sobre el cemento», «Me presenté en el canódromo con mi caballo de carreras», sentencias así.

Recapacitó, como se recomendaba a sí mismo ante toda situación incierta. Llevaba en su cartera un papelito que valía doscientos tres millones de pesetas, algo así como siete millones y cuarto por centímetro cuadrado, papel-moneda para el que no habría colores en la naturaleza a la hora de emitirlo en billetes. Vivía en la miseria. Tenía que hallar la manera de transformar la octavilla en ochavos. No había cómo. En torno al equinoccio de marzo todo se había torcido significativamente. En algún edén de juguete era inmensamente rico, para colmo de males.

Guardó de nuevo el trocito de papel y salió del garaje, meneando las llaves de su casa para que pareciera que venía de aparcar el coche. La maraña de gente revoloteaba en torno al despacho cada vez con más vibración. Se sintió anónimo, percibió que su corazón jamás se supo tan clandestino como callando con silencio tan laminado todo lo suyo delante de toda aquella muchedumbre, y se admiró un poco, en la proporción que de un camión de jamones hace una lasca. El resto de pernil era su miedo abrumador.

El pago, como tenía leído, sólo se hacía en los propios despachos callejeros en caso de premios inferiores a las veinticinco mil pesetas: birrias de cortos vuelos, pedreas pobretonas carentes de ambición. Las remuneraciones de volumen se libraban, en cambio, en lo que se llamaban delegaciones comerciales de la ONLAE, de ámbito provincial, que imaginó radicadas en edificios cúbicos de mucho panel. A ver cómo se lo hacía para enterarse de dónde estaba la de Madrid.

Entró en el bar-restaurante De Prado con cara de «sólo vengo a llamar». Se hizo con la guía de teléfonos y localizó la dirección. La Delegación de Madrid se encontraba en el 68 de la calle Cea Bermúdez. En el Monopoly, Cea Bermúdez era la calle cara de las rojas

(24.000 pesetas el título de propiedad y 15.000 pesetas cada casa). El número del portal era el del año en curso, sólo que al revés. Por pudor, tras desgastar la guía, hizo como que usaba el teléfono, marcando sólo seis dígitos, y denotó fingido fastidio porque no se lo cogieran. Recuperó sus cuatro monedas y enfiló hacia Cea Bermúdez, donde un sujeto normal que no dispusiera de cuenta corriente ni cartilla de ahorros se habría dirigido para cobrar su premio. (No se acostumbraba a que llamaran premio a una recompensa que en ningún caso era consecuencia de esfuerzo ni mérito alguno). Aún oyó a la lotera, poco antes de perder de vista la plaza. Salió desesperada de su despacho, una nube de envidiosos se le echó encima y ella, ensayando otra vez una explicación con la que llevaba ya varios días desgañitándose, aulló en cabreo meridional:

—¡Pero que yo les juro a todos por San Dimas que no sé quién es el del premio! ¡Largo de aquí, tanto mirar! ¡Que me tapáis la tienda!

Hormiguita de otro siglo, no entendía que todo aquel follón no le restaba, sino que le multiplicaba la clientela. Luego, sus emociones derivaron en ataque de nervios llorosos. Francisco intentó agachar la cabeza hasta que le cupiera en la cazadora negra: tanto así le asustaba que la lotera le reconociera, a pesar de la distancia.

Nunca iba en metro. En el vagón, la gente forma corro y se mira. En el autobús, la disposición de los asientos hace que todo el mundo se dé el cogote. El eslogan de la Empresa Municipal de Transportes decía «En bus ves por donde vas». Sobre todo, prefería el autobús por eso. El 133 le dejó en Moncloa y subió Isaac Peral a pie.

Llegó al 68 de Cea Bermúdez pensando que el único Cea que hubo jamás era este Bermúdez de la calle. Una docena de fotógrafos evolucionaba ante la Delegación con sus trastos colgando, como centinelas israelíes en barrios conflictivos. Con lo que el problema era mucho más grave de lo que Francisco había calibrado en un principio. Si consiguiera cobrar, ahora no importaba que fuera imposible sin DNI, la prensa iba a echar el resto por publicar todo lo que pudiera saber sobre él. Llevaba años cultivando su clandestinidad para que hoy los periodistas se dieran codazos por fotografiar su rostro y por lanzar su nombre al mundo. Una legión de plumillas iba a hacer lo imposible por encontrarle. De rebote y sin malicia, los de la prensa se desvivirían por hacer que la policía le reconociera como el enlace fichado al que había que esposar. O quizá, no paraban ahí las reflexiones, se enteraban antes en el GRAPO, esa gente sin cara y siempre menesterosa que no iba a querer quedarse ahora sin nada.

La entrada a la Delegación Comercial era curiosa como pocas. El edificio hacía esquina con una pequeña vía llamada Particular de San Gabriel. La puerta de la Delegación, paralela a Cea Bermúdez, se ubicaba sin embargo en San Gabriel, porque quedaba retrasada en el costado del inmueble. Francisco planeó establecer su vigilancia en la acera de los impares, frente al acceso. Pero no halló bar ninguno donde apostarse. Al cabo de un rato de subir y bajar el mismo tramo de calle, empezó a preocuparle el hecho de estar llamando la atención: ahí parado, ahora camino un poco, luego de pie otra vez, con una cara de estar esperando a un amigo ficticio que como no se creía ni él, tampoco estaría tragándose nadie.

Cruzó Cea Bermúdez y cogió San Gabriel. Francisco se iba repitiendo por dentro «Grabiel, Grabiel, Grabiel», por calmar los nervios con una ristra seriada de insulseces. La calle, muy corta, desembocaba en San Francisco de Sales, que hacía vértice a su vez con Cea Bermúdez cincuenta metros más al oeste, en la plaza de Cristo Rey.

Enseguida vio el bar Puente Viesgo, ya en San Francisco, y entró. Como había supuesto, desde allí se divisaba la entrada a la Delegación Comercial. Le resultó cómico que desde el 19 de San Francisco de Sales pudiera controlar visualmente el acceso al 68 de una calle a la que aquella casi daba la espalda. Pero así era y así sigue siendo a día de hoy. Toda esta retranca del trasmano y toda esta topografía del raquetazo de revés dado de espaldas le recordaba al mapa de su vida, cosido a contrapié, al bies, a la de la escápula, a todo lo que significara tener que encarar las cosas desde cualquier punto menos desde el frontal. «Un lío», se dijo, y volvió a los juegos mentales que le calmaban el miedo: «Como aposté dinero, me aposté frente a la Delegación», «Me he apostado frente a la puerta porque me he apostado veinticinco pesetas», «No soy apuesto, pero me apuesto cinco duros a que me apuesto en este bar». Idioteces como pianos para vaciar la cabeza de gases nocivos.

El Puente Viesgo era un bar doble: dos entradas contiguas, dos barras contrapuestas y un tabique separándolas. Francisco se recompuso el aspecto, aún a sabiendas de que no valdría de nada: no encajaba allí, y punto. Sólo le daba ánimos la conciencia remota de que tenía metido en su cartera de plástico todo el dineral por el que sus vecinos de barra suspiraban ostensiblemente. Francisco se situó muy cerca de un paisano que echaba duros a una máquina CIRSA BABY. Pidió un café. El jugador no debía de ser de Madrid, porque no le importaba que le vieran. Los locales jugaban en las tragaperras más ocultas.

Cerca de Francisco, tres jubilados que echaban la mañana mirando las máquinas comentaban lo del boleto premiado con ceros, ceros y más ceros.

—Ya ves tú. Doscientos y pico de millones —propuso como tema fértil el menos enfermo.

El de la Ventilla consideraba en su fuero interno que muchos millones y mucha gaita, pero que el agraciado suspiraba por poder comprarse *El País* también algún domingo, inalcanzable despilfarro.

—¡Doscientos y pico, no: no mientas! ¡Doscientos trece! —se equivocaba otro a propósito, en la esperanza de que alguien detectara el error y se pudiera discutir otro poco durante un rato—. ¡Trece!

El del GRAPO corrigió para sí que no, que sobraban diez millones a tal cuantificación. Que podía haber aspirado a doscientos trece, pero que la avaricia rompe el saco y que se arreglaba igual con diez menos, si recortaba algunos gastos no taxativamente imprescindibles.

—Bueno, lo que sea —dijo el otro—. Lo mismo me da cinco que quince. Total, le habrá tocado a algún hijo de puta.

El palpa-barras pensaba que venga, que él también, en cuanto que mamífero, presentaba algunos aspectos que sí apuntaban a denotar ribetes de hijoputez. Que quizá un grupo heterogéneo de ciudadanos, empero, consideraría también alguna virtud en contrapeso moral que compensara aquello.

—Un hijo de puta redomado. Y encima van los bancos y dicen que le regalan dos pisos en Benalmádena por meter el dinero —informó con esperanzas de entretenida disputa el que exageraba: los bancos sólo habían ofrecido uno.

El de las etiquetas se preguntaba si no serían canjeables el par de inmuebles por una chupa con la manga entera, sin desgarrones en progresión lineal. Que le abrigara también el antebrazo con el calorcito con el que cumplía en el otro, en el tórax, en el abdomen, en el pescuezo, según la llevara más abrochada o menos.

—¿Qué pisos ni qué pollas? A ese ya le han dao lo menos ¡tres pisos! los del banco en el que lo haya metido, que ese ya lo ha metido.

El de las marquesinas hacía por recordar que sí, que en su banco le recibían como a un cliente diamantino cada vez que llegaba, que le dispensaban un trato especial y que le tenían la casa llena de bolis de promoción y de créditos a interés ridículo con tal de mantenerle con ellos. Que le tenían en tan alta estima que se cogía los caramelitos de cortesía a paladas, y nadie le tosía. Que a veces asustaba de chufla al director de su sucursal amagándole con masivas retiradas de fondos a ingresar en entidades rivales.

—Se va a hacer famoso, el zagal —aventuró el de más allá.

El jugador eventual, Francisco García Mirianómino, el de la identidad secreta, se configuró en la cabeza las hambres de fama que padecía, las mismas que un cartujo leal a Dios. Unos golpecitos en el hombro le hicieron brincar del susto. Era el encargado del Puente Viesgo, que con su chaquetilla verde, su abrebotellas colgando de una cuerda y su pata derecha más larga que la otra le conminó arisco:

—¡Óigame! ¡Si no va a tomar nada no se puede aquí permanecer! ¡Que aquí no se puede sin tomar un café, una bayonesa, lo que sea! ¡Que todos tenemos que comer!

Le dijo justo lo mismo que le espetó la lotera cuando le pidió cuentas el viernes aquel en el que rellenó el billete por error y despilfarró en trenes y pronósticos. En versión hostelería, pero lo mismo, y casi con las mismas palabras. Llevaba ya mucho gastado ese lunes, como en su *training day*, así que prefirió marcharse. Salió del establecimiento y aún miró otra vez a la Delegación de la ONLAE, en la acera de enfrente. No se le iba de la cabeza que el protagonista era él. Un tipo que tenía algo que merecía la pena y que no podía disfrutar de ello por culpa de quienes supuestamente eran sus socios. Los mismos que ese lunes también se olvidaron de mandar a alguien al CoyFer a las siete para que Francisco no anduviera sin saber qué hacer, como una mosca atrapada en un vaso boca abajo.

En el salón de su infravivienda, Francisco escudriñaba la estancia con su boleto preñado de millones en la mano. Buscaba un escondite para el papelito en aquella guarida inhóspita, y no daba con él. Pensó en meterlo entre las páginas de un libro, en el bolsillo de una prenda, entre sus dos sábanas de repuesto. Una biblioteca de mil volúmenes, un vestidor bien surtido de prendas estacionales o una cómoda repleta de ropa de cama habrían vuelto loco al intruso que viniera a por el documento. Pero no su pobre dotación de tomos, atavíos y sintéticos.

Descartó botes, latas y botellas, envases de contenidos en arriesgado trasiego. Pegó el billete con un celo bajo la mesa de la cocina, pero la grasa lo inundaba todo con costra tan ubicua que hasta los bajos de los muebles dominaba, y el pegamento de la cinta no adhería. Lo ocultó en el congelador, pero un charco de agua en torno a la base de la nevera le alarmó. Las lámparas de la casa quemaban, y desestimó la idea por no encontrarse luego el boleto reducido a cenizas. Igual ocurrió con los tiestos. Que si no planteaban el problema de la humedad, porque todos estaban secos, ofrecían el de los bichitos, todos con cara y ademanes de papirófagos. Quién sabe qué reacciones electromagnéticas eclosionarían dentro de la tele, cómo suponer qué chispazos restallarían dentro de la carcasa del timbre, de la del transistor, de la del teléfono mudo.

Halló al fin la solución y se dijo aquello de «Cuanto más cerca de los ojos tenemos las cosas, menos las vemos. Así, la nariz. Las ojeras. Las pestañas. Los párpados». Introdujo el boleto en el vagón-correo de su tren descacharrado. Luego cerró sus puertas practicables, que en esta posición quedaban tan pegadas a la carrocería que era difícil intuir que pudieran abrirse. Dejó el vagón en su caja de galletas, junto a los otros destrozos. Lo depositó así, desmañadamente, como si acabara de examinar un juguete sin arreglo y lo hubiera devuelto a su embalaje sin más interés, para que cayera natural.

8

El martes veinticinco fue a trabajar a la hora de siempre.
Apenas cosió nada. Empezó a ver visiones. Que le pilla-
ban al intentar ingresar el boleto en una caja de ahorros
sin DNI. Que, amoscados por tamaña irregularidad, le
retenían en la cámara acorazada de la oficina. Que le
reconocía la policía cuando llegaba, que lo arrojaban a
las mazmorras. Que en la cárcel todos le daban de palos
por pijo forrado de pelas. Sacó su calendario de bolsillo
para hacerse una idea genérica de lo corto que era el bloque de días hábiles hasta la fecha límite. (Sólo lo había
utilizado una vez. En el canto traía una regla, que usó
para medir el hueco que la puerta de su casa dejaba por
abajo, con la idea de cortarse un listón, atornillarlo para
taparlo y evitarse corrientes de aire). Mientras se dolía
por no haber hecho tampoco lo del listón, la puerta del
taller se abrió de golpe.

Francisco escondió asustado su calendario, porque a
ver qué hacía él con una cartulinita que vale, básicamen-
te, para hacer planes. Pero respiró cuando comprobó que
se trataba de Julio. El minusválido dejó su fardo de ropa,

se llevó el bulto de camisetas etiquetadas sin notar que ese día se entregaba alguna menos y se fue por donde vino. Durante el tiempo que Julio permaneció en el taller, Francisco se aplicó a su labor procurando que todo pareciera normal. No iba a dar pistas de lo que le estaba ocurriendo, ni siquiera ante el de las facultades mermadas. «Yo ya no me fío ni de El Caserío», se repetía por lo bajini.

Sólo se le ocurría ir a Cea Bermúdez. A examinar la Delegación, a estudiar su entrada, a escudriñar sus accesos. Sólo a mirarla, aunque fuera. Siguió cosiendo durante un rato, el triple del prudencial, por si Julio regresaba. Y para allá que se fue, en la idea de que poniendo la barbilla frente a la fachada estaría más cerca de su dinero que con la cerviz doblada sobre el niki espurio.

De nuevo se vio arrimándose al edificio. Volvió a coger Particular de San Gabriel y a apostarse en el Puente Viesgo, su garita de retaguardia desde la que le veía la vanguardia al enemigo, qué curioso efecto urbanístico. Esta vez se aseguró de que llevaba dinero, para cuando el camarero hostil saliera de su osera. Todo seguía como el lunes: algunos periodistas, apariencia tranquila, un devenir sin más, un sosegado estar de transeúntes recién ingresados en la Comunidad Económica Europea, ansiosos por que afluyeran unos pocos quintales de ECUS.

Alguien le dio un toque en la espalda. Francisco se sobresaltó y giró. Era Primi.

—¿La mano?

—¡¿Qué mano...?!

—La derecha.

—Qué... tal.

Y Francisco le tendió la diestra a Primi, de saludo, sin desaprovechar nunca cualquier ocasión para montar otra vez el número de la torpeza en el trato con sus semejantes. Se la dio además con el retraimiento de quien va a tocar una plancha enchufada, por ver si está ya o no está todavía, y pudo parecer que le estaba dando asco tocar a nadie.

—Encantada, mucho gusto. Pero te digo que a ver si se te ha curado el corte, que el otro día en Barajas parecías *La lección de anatomía.*

Francisco se odió por zoquete social. En estos casos de pasar apuro por mentecato retorcía los dedos del pie izquierdo dentro del zapato, en un gesto involuntario que sólo detenía el miedo a desgarrar innecesariamente las junturas del calzado.

—Ah, bien, ya ha cicatrizao... —respondió el herido.

—¿Qué haces por aquí?

Cierto. Qué hacía él allí. La mentira fluyó campante, tan concentrado estaba en su camuflaje, e improvisó sin que se le notara que le estaban pillando en un renuncio. Su falta de práctica conversacional estropeó su habla, pero sólo lo justo para ganar una vacilación de convincente coloquialidad muy enmascaradora.

—Yo... Doy clases —mintió—. De Historia. En el instituto este de aquí al lado. Siempre bajo a este bar porque tengo dos horas sin clase... Ahí, muertas. Entonces, pues cafetito. ¿Y tú...? Qué andas, je...

—Aquí, trabajando.

—¿Trabajas aquí?

—No. Yo soy de prensa. A un ciudadano le han tocado doscientos tres millones ahí enfrente.

—A quién de todos.

—Todavía no se sabe. Pero todos le andamos buscando.

—¿Y eso?

—Para publicar su cara. Y su historia, «de indudable interés humano», fíjate qué bonito y qué rebonito.

Francisco, animado por tantísima charla, se sintió vivaz. Y ensayó lo de sonsacar a Primi.

—Ese no aparece.

—Seguro que sí. No puede cobrar sin que nos enteremos todos. No hay una sola sucursal de banco o de caja en la que no haya instrucciones para chivarse de quien es sin que se note.

Francisco no tenía impresión de estar siendo muy evidente. Apretó un poco más.

—No creo que los bancos se expongan así.

—No sé cómo funcionará el tuyo, pero los bancos y las cajas de ahorros siempre se chivan a la prensa. Para salir luego diciendo que si su entidad fue la que más mereció la confianza del feliz agraciado, todo eso. Si no es a mí, será a un compañero. Pero se filtrará. Como muy tarde, dentro de tres meses, antes de que se le acabe el plazo para cobrar. Al director de la sucursal donde entre el boleto le va a faltar tiempo para ponerse a contarlo a los cuatro vientos. Yo, desde luego, procuro llevarme bien con todos.

—Que tengas mucha suerte. Pero está difícil.

Primi sólo se sentía bien cuando abandonaba su casa, abandonaba su redacción y se sumergía en el entramado de rastreadores callejeros que, como ella, pasaban la vida entregándose al trabajo para olvidarse de sus miserias.

Le resultó ofensivo que un profesor que sólo dejaba su instituto para el bocadillo dudara de la capacidad de sus compañeros para salirse con la suya. Y para ella, «compañeros» no eran sólo los de la prensa, sino toda una partida de comanches que vivían de andar recorriendo Madrid, buscándose la vida a cuenta de indagar por la calle. Una verdadera rehala de perdigueros de sectores variopintos que siempre estaban al quite para llevárselo muerto a casa.

—Claro que está difícil —contestó ella—. Eso es lo bueno. Y si no le encuentra la prensa, lo encontrará cualquiera. Esto está lleno de minas.

Francisco no entendió nada. Terció Primi, que lo notó.

—Ven, vamos, que te enseño unas cosas.

Primi tomó a Francisco del brazo y tiró de él hacia la puerta. Él se arredró, asustado por la idea de salir a campo descubierto.

—No, mira, que... me quedo que me quiero tomar otra...

—Ni hablar, que tienes que lucir el Nenuco.

—No, no, que enseguida se me hace tarde y si a los chavales les estamos con lo de la puntualidad y luego el propio profesor va y llega a las tantas...

Francisco jamás se había expuesto a juguetear con su clandestinidad. Pero lo que lucía aquel martes era el excitante resol de los días de la primavera temprana, Primi era una mujer y él era, en alguna región ilocalizable, rico. Salieron del Puente Viesgo y ella le invitó a *leer* el escenario. Aparentemente, Cea Bermúdez y las vías aledañas presentaban el aspecto habitual de los días laborables.

Nada de eso, porque la calle estaba cardada de eventos latentes, repleta de gente rastreando al de los millones. Todos mimetizados, como las palabras camufladas en una sopa de letras.

Nada más salir del local, dos hombres se cruzaron con Francisco y Primi. Saludaron a la chica con gestos y ella les correspondió.

—Mira. Periodistas. He contado catorce desde que he llegado a Cea Bermúdez. Están a lo que yo.

—Esos dentro de una semana se han olvidado —inquiría Francisco tras bambalinas.

—Para nada. Los de Loterías y Apuestas ya se encargan de que ningún periodista nos olvidemos. Nos dan dinero, nos invitan a esquiar. El efecto de leer en la prensa que a uno le han tocado doscientos millones equivale a mil anuncios en la tele, a cojón de mico el minuto.

—Pero si no llevan ni cámara.

—Porque son los que le buscan en serio. Los que traen las camaritas cuelan la noticia en alguna conexión territorial y adiós. Estos que ves no le quieren para sacarle en una emisora guarra diciendo cuatro paridas sobre «tapar agujeros», etcétera. Vienen para hacerse sus socios. Para publicar sobre él a base de bien, para hacer seguimiento para siempre: de su vida, de lo que hace con el dinero, de cómo se lo quitan.

—¡¿Quién se lo quita?!

—A todo el mundo se lo acaban quitando. «Trae que te lo guardo», «trae que te lo invierto», «trae para que veamos lo despegao que eres». Pasa mucho. Y aquí estoy yo, y dos docenas de sabuesos de prensa. Para escribir sobre él, para sacarle la foto de pedo del día del premio y la de desgraciadito que se le ha quedado a la de un par de años o tres, cuando le hayan abstraído el dineral.

—¿Y eso interesa a la gente?

—Cuanto más se esconda, más interesa. Se va viendo que el del premio no tiene intención de asomar la gaita. Eso es que pasa algo. Y «que pasa algo» a nosotros nos suena muy bien.

Este era el paisaje que se le pintaba al topo Francisco García, el de la vida de tapadillo. Según estos informes últimos, una caca de paisaje, una caca de tapadillo. Y enfrente, toda esa muchedumbre buscando al feliz acertante, poniendo en peligro su ocultación y sus días de caretas. Lo que, a su invisibilidad obligatoria, no ayudaba nada.

—Y los de prensa somos los menos —comentó Primi—. No se les nota, pero hay ojos y ojos mirando a ver qué pueden rascar.

Cuatro señoras, con el noble gesto de las históricas luchadoras de asociación de barrio, se cruzaron con estos dos. Venían acompañadas de tres niños de entre ocho y trece años, vestiditos con la reciedumbre de la necesidad. Primi impartía su magisterio.

—Mira. Las mayores son de Cáritas. Y los niños, los recogidos, como verás; se les nota a la legua la cara de incluseritos. Con las cabezas rapadas, porque nunca se sabe cuando van a poder volver a cortarles el pelo otra vez.

Y Francisco se reconocía en ellos. No tanto por pobres como por pobretones, que son los pobres que proclaman lo suyo al mundo.

—¿Tú no juegas a la lotería? —preguntó Primi.

—Se me quitaron las ganas de jugar con la pasta a los ocho años. Un niño me ganó veintiocho pesetas al póker. Las veintiocho pesetas que me había dejado el Ratoncito Pérez. De alguna manera, perdí un diente jugando al póker.

—Pues tenías un boleto en la cartera.

—Es para hurgarme los dientes con el canto. Los que me quedaron después de las visitas del Ratoncito Pérez.

Fue la primera vez en varios lustros que Francisco hizo reír a una mujer. Poco, risa | sonrisa; del cristalino arroyuelo de la alegría, sólo la cabecera, manando de una piedra en la frontal de un talud vegetal. Pero eran lustros, como se dijo, los de no hacer reír a nadie.

Primi volvió al tono secreto al señalar a uno de traje de Tergal.

—Rafa Pinillos. Inspector de Hacienda.

—Y ese qué pinta. La lotería no tributa.

—No. Pero según Interior la mitad de los millonarios por lotería meten el dinero en trafulladas cochinas, negocios ilegales, guarradas para poner a trabajar el capitalito y pillar más. Gracias a los nuevos ricos de la suerte han caído macarras por un tubo. Pinillos se localiza siempre a los premiados. Les sigue, se empolla sus declaraciones de la renta. Cuando el premio es un poco alto, con más saña todavía. Cuando es tan alto como este, con toda. Y cuando el de los millones lleva días sin aparecer, como es el caso, ahí ya Pinillos se desvive. Por las tardes le releva su mujer, que también es del ramo.

Francisco llevaba ya un rato asustándose. Y Primi no paraba de señalar buscones.

A Ramiro Butti le había convencido la publicidad en prensa de Adolfo Domínguez. A sus cincuenta y cinco años, merodeaba sin complejos con sus antiparras verdes. A Francisco, Primi le notaba el interés. Sabía que estaba de cicerone de mundos nuevos.

—Ese es Ramiro Butti —informó.

—¿Qué quiere?

—Se declaró insumiso a la mili en 1958. Le detuvieron.

—Un expresidiario.

—No. Le formaron Consejo de Guerra. Lo presidía Pita da Veiga. Se defendió a sí mismo y ganó el juicio.

—Lo mismo es de los pacifistas.

—Qué va. Es abogado. Busca un cliente de los gordos.

Y Primi miraba a todos sin empacho, lo que a Francisco le daba excusa para hacer lo propio.

Patricio Centina, un tipo grandón de cincuenta y cinco años embutido en su camisa Suybalen, se comía una bolsa de patatas fritas Crec's bajo una acacia.

—Ese de ahí —Francisco señalaba a Centina con la punta de la nariz—, ¿también le busca o es que merienda aquí siempre?

—Patricio Centina. En 1972, en una cena en Nueva York, le pegó una hostia a Michael Jackson porque decía que hacía ruido al masticar. El primer tarot por teléfono que hubo en España lo puso él. Y claro que necesita al de la millonada.

—Para pegarle.

—No. Patricio construye todo el tiempo instalaciones que nadie quiere para nada. Campos de béisbol en Zamora, una plaza de toros en Andorra, una piscina en medio del cauce del Ebro, paridas así. Se hace con los terrenos y deja las obras a medias. Los vecinos con los años se mosquean. Empiezan a pedir las demoliciones de unos complejos que están ahí como diciendo que su ciudad es una mierda anquilosada. Los ayuntamientos se acaban metiendo para ver si arreglan el cristo urbanístico. Él sube el precio, regatea con los ayuntamientos, los vecinos cada vez con más cara de hostia, las instituciones que acaban comprando por una pasta, etcétera. Ahí lo tiene todo muerto de risa. Pero cuanto más disparates deja empantanados, más dinero tiene.

—¿Y el de la lotería qué puede hacer por él?

—Al blanqueo. A este de ahora le puede pagar doscientos veinte millones por su boleto de doscientos tres.

—No puede ser. Pierde diecisiete millones.

—Pero gana en blancura. O sea, que gana. Aquí nadie pierde dinero. Como mucho, perderá dinero el del premio.

Fue cuando Francisco alumbró una posibilidad de reconvertir su boleto. Sólo tendría que acercarse a Centina, ofrecérselo, coger lo que le diera, con aumento o sin él, y volverse a la Ventilla. Hasta le frustró un poco que el gran meollo fangoso en el que se había convertido su fortuna tuviera una solución tan sencilla. Él, artesano de la clandestinidad creativa, cerebro dado a la resolución de crucigramas, se topaba con el hecho de que dos conversaciones bien trabadas y de intención subrepticia le estaban valiendo para desliar la maraña del cobro. Sin perder comba con Primi, Francisco centró su atención —lateral, secreta, trilera— en el hortera de los aperitivos Crec's. A veinticinco de marzo de 1986, Patricio Centina era la opción menos escabrosa. Francisco meditó un momento y luego se lanzó a la pesquisa, aún a riesgo de que se le notara el interés. Consideró que preguntar por el ciudadano Centina era significarse y encontró su truco a medida en la esfera de lo colectivo, que para eso era él un mago del movimiento ilusorio:

—¿Y toda esta gente viene aquí siempre?

—Van a pasar aquí varios ratos, sí.

—Ya...

La cosa ahora era concebir una forma de acercarse al de los *snacks* y cambiarle los cromos sin darle explicación ninguna. Primi hablaba sobre los invisibles de la plaza, con un orgullo de raza que proclamaba a gritos que el resto de su vida era un asco.

Un chaval muy nervioso de veinte años interrumpió su charla. También las meditaciones que Francisco desplegaba, diciendo «ya, ya...» de vez en cuando para que Primi no dejara de destaparle novedades. El muchacho se llamaba Antonio María.

—Primi, ¿se sabe algo? —preguntó el joven.

—Sólo se sabe que no se sabe nada.

—¿Te he dado mi teléfono, verdad?

—Cuatro sesenta y uno, diez, doce.

—Qué memorión. Un beso.

Antonio María se fue, sin dejar de examinar ansioso a los habitantes del bulevar. Francisco seguía más concentrado en Patricio Centina que en otra cosa, pero siguió el hilo de la conversación para que no se le notara mucho lo que se mascaba para sí y porque le había resultado llamativo aquel chaval que andaba a la zaga del rastreo general, a sus pocos años. Había reconocido en su cara el entusiasmo loco que tenía visto en los rostros de otros adolescentes que salían en revistas raras.

—Este será igual de la Lucha Contra el Cáncer —preguntó en falso.

—Se llama Antonio María Eizer Espinosa de los Monteros-Austria. Tiene la sangre más azul que el pendón de los Orleans. Está juntando dinero para montar una *performance* sobre la incomunicación. Un pestiñazo.

—Que vaya a papá.

—Están reñidos. Papá se empeña en invertir en Falange Española. Reconstituida, o histórica, o refundada, o no sé cuál. Le están comiendo el dinero como si fuera el pez de *El viejo y el mar*. Eso sí, se lo está pasando de puta madre. Un poco amargado, porque ahora todo cristo hace como que no le conoce de nada, pero está disfrutando como un crío, repartiendo insignias y escarapelas a los cuatro chavales que le hacen caso.

—De cara a la cosa del espectáculo alternativo, al delfín le va a ser más útil cambiarse el nombre que los doscientos millones.

—El del premio sacará más de doscientos millones. Unos compañeros de un semanario publican hoy ofertas falsas de bancos por ingresar el dinero en sus sucursales. Para ver si así aparece. Los de los bancos han empezado a ofrecer pisos y coches de verdad para no quedar mal. Y los periódicos han vuelto a pujar más alto, con chaletones y bólidos de carreras —Primi se reía de tanto enjuague en progresión—. Y los bancos, pues les irán detrás.

—Había un piso en Benalmádena, creo.

—Eso era ayer. Hoy ofrecen todo el bloque, el coche que anuncia el Nikki Lauda, la montaña por la que derrapa el coche, el avión que le vuela por encima cuando coge las curvas... Ese tío tiene suerte.

Primi siguió hablando, y señalando con la mirada y el comentario a la gente que venía a la Delegación a buscarse la vida, como si todos fueran a ser los premiados una vez encontraran al del premio. Francisco mantenía su ojo izquierdo sobre Centina, que acabó con la bolsa de Crec's y se dio al regaliz rojo. El sujeto ofrecería sus lecciones sobre gastronomía por todos los asadores de AZCA, pero se inflaba a comer porquerías. Otra vez, Francisco hiló un parlamento con el anterior para demostrar que estaba a lo que oía.

—¿Y si en vez de tío es tía?

—Qué gracia, yo siempre he creído que es una chica.

En el lapso del diálogo, Centina se sublimó. Francisco apartó la mirada en «en vez de» y la fijó sobre Primi hasta el «que es» de ella, cuando volvió al cincuentón tramposo. En el ínterin, Centina se había esfumado. Maldisimulando su contrariedad, Francisco inquirió sin demasiada precaución.

—El de los campos de béisbol... ¿se ha ido?

—Normal.

—Habrá encontrado al del boleto —osadía de enmascarador dialéctico, que asimila objeto y sujeto en una sola entidad.

—Te puedo asegurar que no se ha ido por eso.

—Por lo que sea. Pero si no lo ha encontrado, el agraciado ha perdido los diecisiete millones de compensación por blanqueo.

—Al contrario. Los doscientos kilos que le va a dar son falsos, poco menos que hechos en casa con papel de calco.

Poco había durado la luz. La vía Centina era la del timo espejeante.

—Y si se ha ido —reveló Primi— más bien es porque ha visto a esos dos.

Y señalaba a dos treintañeros que merodeaban en silencio y que traían las pintas de maderos de las que por el tiempo hacían gala los Hombres G.

—Quiénes son —preguntó Francisco, temblando de puras ganas de parecer natural.

—Alberto y Tote, dos colegas de la Policía.

—¿Colegas?

—Sí, de la Policía Judicial —contestó Primi sin darle más importancia—. Centina les tiene pavor.

La policía. Francisco estaba hablando sobre la policía, bonito tema para la charleta ocasional. A Francisco le sonaba que hacía algunos años que la palabra «colega» había cobrado un nuevo significado lateral entre el común de la gente. Algo le decía que el vocablo, sin perjuicio de seguir refiriéndose a «compañero de colegio, corporación, profesión, etc.» se equiparaba a «amigo», en una nueva acepción que había hecho fortuna a partir de la jerga suburbial.

—Vaya. Je. Patricio. Qué fiera. Je. ¿Y qué quieren?

—Conocen a Centina desde su famoso proyecto trafullero de montar en Teruel un museo de 25.000 metros cuadrados sobre el cubo de Rubik. Decía que tenía cerrado el patrocinio con los de los cubitos de caldo Maggi. Están a ver si le pillan de una vez y se pueden ir de vacaciones. Se parecen a los Hombres G.

Alarmado, Francisco metió el cuello retráctil entre las clavículas, sin poder evitarlo por mucho que se concentrara en no hacerlo. Las solapas de la chupa negra le avisaban de que estaba marrando cuando notaba que le acariciaban las mandíbulas. Se daba la orden de estirar el pescuezo y dejar de significarse, pero se olvidaba enseguida y volvía al refugio de sus hombros, de su carne y de su textil. Le entraron de repente unas prisas enormes.

—Oye, pues yo me voy a ir yendo.

—Sí, yo también. Tengo que buitrear por aquí.

Francisco se fue casi sin despedirse. Llevaba media vida huyendo de todo el mundo y se estaba adosando a la primera persona que le dirigía la palabra. «¡"Colegas"!», se decía. «¿De la policía, o de dónde?», continuaba. ¿O es «colegas» en plan «hey, colegas»?

Para mayor preocupación, Alberto y Tote se llevaron a Primi a un aparte. Consultaron entre ellos tres durante un rato. Se trataban con sonrisas de camaradería. Por si acaso, Francisco apretó el paso hasta que hubo salido del todo del campo de visión de Primi.

Se volvió a la Ventilla con la idea de llegar al Coy-Fer a las siete. Lo hizo a pie, por ahorrarse unos duros y por tener kilómetros durante los que pensar. Estaba claro que no estaba planteándolo bien. Era patente que los pelamanillas de la plaza de Santo Domingo eran una patulea de moñarrones, y que aquí, disfrazados de nada, en plena normalidad, se camuflaba la tropa de élite que iba a encontrarle para arruinárselo todo. Que el peligro real para desmontar su clandestinidad estaba en Cea Bermúdez, la roja del Monopoly, entre estos verdaderos ases del desenmascaramiento que actuando sin máscara lograban ir más de incógnito que todo el MI6 («al que los desinformados llaman "el eme dieciséis"», pensó).

A su favor tenía a Primi. Sólo tenía que escuchar lo que contaba, como si fuera un radar involuntario que le desvelaba sin querer los trucos de todo el mundo para encontrar al del pastón: para encontrarle a él, que no sabía qué debía hacer para embolsarse los doscientos millones pero que, Primi mediante, iba a ir sabiendo todo lo que *no* debía hacer. «Primi es buena conmigo hasta cuando no se lo propone», se decía. Y luego volvía a recordar que siempre que se fio de alguien fue para mal, y que quizá Primi no era sino una simuladora más lista que él, más hábil en la patraña, más exacta en el ajedrez de las identidades. Nadie le aseguraba que ella no le tuviera cazado, desde la legalidad o desde la ilegalidad. Nada le indicaba que Primi no estuviera allí dándole bola para detenerle, o para quedarse con su dinero, o para cualquier cometido que en ningún caso le beneficiaba. Primi podía ser hasta del GRAPO.

Llegó al CoyFer a menos tres minutos. La máquina de enchorizar chapucerías seguía bien engrasada, porque, de nuevo, nadie apareció. Francisco padecía lo indecible, porque en él crecía la convicción de que todos estos desencuentros no respondían a planes superiores, sino nada más que a la desidia de sus pretendidos compañeros. A las ocho y media, harto de esperar señales en el cielo, se subió a casa. Se echó en el sofá y se tapó el vientre con una bolsa de plástico que encontró a mano, por no coger frío en la tripa. Mirando al techo, tomó conciencia de cómo y cuánto había estado haciendo el panoli. Cuando esa mañana llegó a Cea Bermúdez le tranquilizó que no hubiera signos de anormalidad. Creyó dar esquinazo a tanto importunador, como ese espía campeón que él era, dotado de un detector en la frente con el que dribaba los peligros.

Pero resultó que la plaza estaba repleta de zahoríes, con dotes para el disimulo muy superiores a las suyas. Todos apostados ante el Organismo Nacional de Loterías y Apuestas del Estado, por donde quizá acabaría pasando el agraciado. La comitiva no la formaban tres cámaras de tele y dos meritorios con sus blocs. Un enjambre de olisqueadores escudriñaba el panorama con mucho más afán en hallar al del premio que los curiosos desocupados de Santo Domingo, y él no había caído en la cuenta. Estos de aquí sí que eran los peligrosos de verdad, y no los eventuales de la plaza, caterva de zánganos que ya estarían hoy a una nueva distracción. Los de Cea Bermúdez estaban tan decididos a dar con el premiado que ni se les notaba. El miedo estaba aquí. Las posibilidades de cobrar, también. Su paranoia no podía parar de crecer.

Volvía a Primi. Era como para mosquearse. Esa predisposición al trato, que Francisco no concitaba nunca en nadie desde hacía años. Esa soltura amigable que le ofrecía porque sí, aquella confluencia gratis que no se explicaba. Era todo muy raro: que una chica joven y espabilada se arrimara a él, tienda sin género que ofrecer. Era para sospechar ese control de todo, eso de que todo el mundo le saludara, como si adosándose a ella los moscones fueran a sacar partido de sus influencias. Era para no bajar la guardia, con aquella cara de tener tanta calle. Qué bonita cara. Qué guapa estaba montada en la bici, antes del aniversario de Austerlitz, cuando lo de la Comunión, con todas las luces dadas, que ya había merendado una sopa de champiñones de sobre —aquí ya se quedó dormido.

El salón de actos estaba repleto de gente. Un presentador hablaba desde el estrado. Ante él, un atril y un trofeo.

—Este año, como sabéis, no hay sorpresas —dijo el oficiante—. Somos conscientes de que te lo debíamos desde hacía tiempo, Francisco, pero enhorabuena de todos modos.

Todo el auditorio del salón se arrancó a aplaudir. Francisco se levantó de su butaca de la fila uno y subió las tres escaleritas del escenario. Satisfecho, pero con un miligramo de perplejidad un poco preparada en el rostro. Ganó el estrado y se colocó ante su premio. Los aplausos dejaron paso a sus palabras.

—Lo primero, gracias a todos. Y a todas.

Se notaba suelto, confiado, divertido, como siempre en estas ceremonias, y no se explicaba ese lejano recuerdo según el cual había pasado tantos años mostrándose ante sus semejantes cerrado como un mejillón. Él, que era un tío tan vivaz. Tras las pausas que su confianza le iba marcando, que tenían el efecto electrizante de un suspense gozoso, tuvo una de esas ocurrencias que cimentaban su popularidad.

—No creo merecerlo... pero mira, lo voy a aceptar.

La campechanada levantó un nuevo aplauso, con magma de sonoras sonrisas y risas patentes. Francisco sabía que nada era tan eficaz como derivar sin transición de lo cómico a lo cariñoso, y por ahí continuó.

—Ahora en serio, muchas gracias por esto. Y por venir hoy... con lo bien que estabais en el bar —otra curva de cachonda camaradería, enteros de simpatía ganados antes de la emotiva despedida—. Yo, por mi parte, y ahora que hablamos de bares, no volveré a brindar sin acordarme de esto de hoy. Porque pocas veces me he sentido más a gusto. Es gracias a vosotros. Buenas noches.

La ovación, la que su práctica le auguraba, planeó por la platea con un decibelio o dos por encima de lo que esperaba. Tomó su trofeo entre las manos y lo recogió para irse. Pero no consiguió levantarlo. Estaba atornillado al atril. Lo intentó de nuevo con más empuje. Entonces, las explosiones de ánimo comenzaron a crecer. No por amistad, antigua o recién ganada, sino por choteo. Francisco tiró del galardón decidido a bien acabar la gala. Reparó en que los tornillos eran ocho, y aún le quedó ánimo para creer que, poniendo en juego todas sus fuerzas, todavía podía reventar los ocho anclajes y hacer creer al público que no estaba pasando nada raro. A fuerza de empujar, Francisco arrancó el atril del suelo sin que el mueble se desprendiera del trofeo. Luego cargó con él sobre sus espaldas y descendió del estrado, con todo aquello a cuestas como un Simón Cireneo. El auditorio se venía abajo ante este torpe Tonetti.

En la platea le esperaba Primi. Ella agarró un poco la madera, por ayudar con el armatoste y porque no sabía qué hacer con las manos. Sonriendo como pudo, cruzó la sala con Francisco. El salón de actos era clavadito al del colegio de los maristas de Huesca. Lugar donde Francisco no había estado jamás, por lo que el detalle escenográfico no era más que una pura casualidad.

Francisco se despertó con el antojo sediento de un trago largo de Blizz Cola, que no tocaba porque no era domingo, y con la zona posterior del pene picándole a rabiar, como siempre que se quedaba dormido con la ropa puesta. Le pareció un poco barato soñar todo esto a tres días de ocurrirle lo que le había ocurrido con la cosa del azar remunerado, y ya no se sacudió la costra de desazón en todo el día.

9

Francisco seguía yendo a la nave, pero su capacidad de trabajo estaba muy mermada. Las cuatro pesetas de las dieciséis puntadas, ocho a cada lado de cada etiqueta; el real por pinchazo, a moneda agujereada de cincuenta céntimos por cada dos punciones en el tierno algodón. Todo lo tocante a aquella relación dinero | trabajo, tan microscópico este como aquel, perdía su dimensión al incardinar sus cifras en el firmamento de billetes de aire de los que era triste depositario. Intentaba pensar en esto, porque poner la fantasía en Primi le dejaba la cabeza seca de ansiedad. Diseccionaba cada una de sus palabras primero, luego cada uno de sus gestos, lo interpretaba todo al tiempo y después se desmoralizaba al preguntarse que sobre qué experiencia basaba él sus conclusiones. Sólo sabía que juntarse con ella era fenomenal.

A las siete bajaba al CoyFer. Le dolía parecer un jubilado ocioso y satisfecho que tomaba un trago a la caída de la tarde en su bar de confianza, porque ese retirado imaginario le daba mucha envidia y no era él. Él iba a esperar. Pero nadie comparecía, ni con miraditas cómplices ni sin ellas, y nadie venía a contarle nada. «Como si me hubieran olvidado en la mina agotada, en la cripta condenada, en el nicho enladrillado», según formulaciones literarias que él mismo se hacía durante las horas de espera.

El viernes veintiocho era día de cobranza en el taller. Julio llegó a recoger y Francisco sintió apuro por el escuálido volumen de camisetas manipuladas que hoy entregaba. No importó. Julio le dio las cuatro mil pesetas de siempre. Francisco agradeció al cielo la minusvalía del chaval, que, si bien le vetaba tanta posibilidad de conversación, le ofrecía sin embargo ventajas como la del sobrepago de aquel viernes. Francisco, que llevaba años sin cruzar palabra con Julio, encontró divertido soltarle una estupidez, merced a los últimos eventos con la periodista amiga. Sólo por pasar el rato a su costa antes de que se marchara con los fardos a las espaldas. Le soltó:

—¿Y tú qué tal con las tías?

Julio no dijo nada, absorto en su ensimismamiento. A Francisco el cachondeo le supo a poco.

—¿A que tú no has tocao a una mujer en tu vida?

El discapacitado se echó al hombro los dos últimos bolsones, bizqueando por el esfuerzo en ángulo muy obtuso. Francisco sintió el desahogo de quien recrimina a la sorda tele.

—Si ni siquiera habrás ni hablao con una. Con esos zapatos verdes, a ver quién se te acerca. Mongolito.

Con las mismas, Julio cerró la puerta, justo cuando Francisco estaba a punto de continuar exhibiendo su raquítica trayectoria amatoria. Su experiencia con las mujeres no le parecía ya tan grotescamente pobre, desde el momento en que había quien la tenía aún más arrasada.

Siguió trabajando diez minutos, en los que se envalentonó por el descubrimiento comparativo. Y se buscó la excusa de que es que tenía que ir a vigilar el 68 de Cea Bermúdez, no se estuviera cociendo algo a sus espaldas con su dinero. De que debía volver a la Delegación, no fuera a ser que estuviera perdiéndose algo que atañera al propio héroe de esta épica del pronóstico. De que era su obligación acudir al Puente Viesgo por si había más pistas que Primi pudiera ofrecerle. De que era inaplazable reunirse con ella, para ver si hoy volvía a hacer lo de levantar la ceja izquierda y sonreír al tiempo durante el segundo previo a echarse a reír. De que era una grave irresponsabilidad permanecer en el taller, con tantas cosas que se estaba perdiendo fuera. Le gustó la idea de que su conciencia pensara por él. Pero no engañaba a nadie. Le mataba la ilusión de volver a verla. Apagó la máquina, se puso su chupa descosida y se largó de la nave.

Francisco llegó a Cea Bermúdez un poco pegado a la pared, que siempre le dio la impresión de que protegía algo. A estas alturas, cuando ya tenía fichada a gran parte de los rastreadores clandestinos, le pareció que todo el peatonaje oficiaba de lo mismo. Como Primi no estaba por ningún lado, subió hasta Bravo Murillo, luego rodeó Cuatro Caminos y volvió por San Francisco de Sales. Divisó a Primi a través de Particular de San Gabriel. Andaba pidiendo fuego, vio a Francisco y se fue hacia él. Francisco no podía suponer piropo más halagador que este de la aproximación, y deseó ver a Julio pronto para darle más lecciones.

—Cada vez fuma menos gente —le dijo Primi con el rubio en la boca.

Francisco no atinó más que a decir media mentecatez, que no daba ni para ceja izquierda ni para sonrisa:

—*Fumar adelgaza* —lo tenía visto en un azulejo de chufla en el CoyFer, con un esqueleto pintado que sonreía con su pito en los dientes—. ¿Qué tal vas con eso?

—La locura —Primi pareció pasarle por alto la parida del esqueleto—. Hasta me he aprendido los números de memoria: dos, doce, trece, catorce, cuarenta y cinco y cuarenta y nueve. Me estoy obsesionando con la lotería. El lunes jugué cien pelas. Me hubiera valido más el billete si lo hubiera usado para limpiar cristales.

—Otra vez será —otra vez soltó otra lerdez. Otra vez se la obvió Primi.

A Francisco le sorprendía que una mujer tan excelente pegara la hebra con él. Otra cosa era que nadie del entorno de Primi la considerara excelente. Los dos rebotados se iban contando sus cosas como los dos marginados que hacen migas en el patio de la cárcel.

—Ser periodista, ¡qué bonito!

—Todos nos creemos que es bonito el trabajo del otro. A mí me gustaría lo tuyo, lo de dar Historia en el instituto, y estar con los chavales.

—Bueno, está muy bien, sí. Pero no hay periódicos.

—En mi redacción tampoco. Nadie sabe usarlos. Pero trabajar dando clases, qué envidia. Con tanto tiempo libre.

—Está muy, muy bien... —Francisco se lanzaba a soñar—. El bocadillo con los compañeros a las doce, salir a las dos, las tutorías con los chicos a las cinco...

—Yo curro doce horas para cobrar dos pesetas y vivir a cuatro patas. Que no te dé envidia esto de la prensa.

—¿En qué revista estás?

—Tiene un nombre tonto perdido.

—Cómo es.

—*Actual Noticias*. No está en quioscos, no la conocerás.

—Claro que la conozco. Es la que te dan en los supermercados.

Qué baza la que cobró Francisco. Qué ventaja la de hacer desde siempre su propia compra. Cuánto le divirtió a Primi que ese desconocido supiera del folleto desconocido para el que trabajaba.

—¡No puedo creerme que la conozcas!

—Sí. Con sus secciones «Tu hijo» y «Correo de salud».

—¡Yo escribo a veces «Correo de salud»! ¡Y no sé poner un termómetro!

—A mí me gusta *Actual Noticias*. ¡Es gratis!

—¡Es que si valiera tres pesetas no se vendía ni una! ¡Lo de «Tu hijo» lo escribe un cura! —ceja izquierda, labios para arriba.

Iba todo tan bien, era todo tan normal. Era una mujer, y eso significaba miedo. Pero, sin embargo, Francisco tenía que concentrarse en él para sentirlo, como pasa con las ganas de mear cuando no vienen. Y, por supuesto, el rato no duró, porque era bueno. Se le cortó la risa repentinamente. Había visto a Julio medio escondido en la esquina de Gaztambide, y parecía mirar hacia ellos dos como medio de soslayo, con esa cara suya de estar siempre a punto de correrse.

Primi seguía hablando de *Actual Noticias*: que si la redacción también estaba en una calle de rótulo antipático como esta de San Gabriel. Que cómo sonaba a expulsión el sobrenombre adjetival. Que a más expulsión sonaba todavía el propio nombre, el del arcángel que sacó a Luzbel del Paraíso a hostias. Que vaya calle más de «tú, fuera de aquí». Y Francisco iba alternando su disgusto, porque el nombre de exclusiones de la calle le venía a él al pelo, con sus reflexiones amargas sobre lo que estaba ocurriendo: que para uno al que conocía en el mundo, va y aparece. Habría jurado que Julio le había visto de reojo; pero es que ese, con esa mirada para allá, el reojo lo llevaba puesto. Pensaba Francisco: «¿Qué estaría haciendo ahí ese pasmao?». Y luego: «¿Qué contaría?». Atajó por la veredica de la fuga, buscando la manera de zafarse del de los fardos.

—Mira, ven, vámonos por aquí —le dijo a Primi—. Vamos por ahí a ver...

—A ver qué.

—A ver si nos compramos unas pipas.

Así que subieron San Francisco de Sales. Sin haberlo pretendido, Francisco de la Ventilla había propuesto un paseo a Primi, y la intención de escapar se había trastocado involuntariamente en una sugerencia que nunca habría sido capaz de lanzar en otra tesitura. Caminaron bajo el sol alto, entre la actividad ajena, ociosos en mañana laborable. No hacía frío, no hacía calor... Era mejor que eso: cada golpecito de sol venía siempre seguido de una brisa montañera que bajaría de algún pico serrano. La primavera de Madrid, la de la sombra verde y las fachadas amarillas. Demasiada excitación como para sentir hambre, y sólo un manojito de sed que Primi arregló pagándose un Kas Limón. Francisco no lo había probado en la vida. Lo encontró excepcional, un manguerazo de dulzura y frescor que relacionó con beber píldoras de jade disueltas en agua de lluvia pura. Todo aquello era tremendo.

La charla fue, pues sobre amables bobadillas. A Francisco, retirado del habla desde hacía años, lo oído se le aparecía repleto de complejas formulaciones entre las que triscaban hipérboles y retruécanos. La conversación de Primi no era sino una más de esas que se desovillan por pasar lo mejor posible un día de labor, pero cada una de sus frases se le figuraba a Francisco rico mural. Hablaron de fumar, del PSOE, de que si tanto estudiante por la calle, del ECU.

—*Lingüini* con tomate, riquísimo.

—No sé qué es.

—Vamos, espaguetis. Qué coño *lingüini*.

—Ah, entonces sí lo he probao.

Llegaron a Cuatro Caminos. Iban a pasar bajo el oscuro paso elevado del *scalextric* cuando Primi detuvo el paso de repente y mandó parar a Francisco cogiéndole del brazo, casi bruscamente. Él se asustó. No por sus tensiones de topo, sino porque era la primera vez que ella le tocaba.

—¡Cuidado! —advirtió Primi—. Aquí todo el mundo viene a mear y huele fatal a pis. No respires mientras pasamos que te lo tragas todo y se te queda la garganta como una lija.

Pasaron ante los pilares riéndose de las caras que se les ponía cuando tomaban aire y contenían la respiración. No aguantaron, y aspiraron el olor a podredumbre que, en efecto, inundaba el sitio. Y se rieron más, como dos panolis que se lo pasan bien haciendo novillos en el instituto. El instituto que no existía más que en la imaginación de Francisco, que pensaba que un claustro de profesores era un patio porticado con un ciprés en una esquina y por el que deambulaban unos monjes que profesarían cada uno en su regla, según sus votos.

Regresaron a la Delegación. Por el camino, Primi entendió «Pili» cuando Francisco dijo «boli», una joven les entregó una octavilla que anunciaba excursiones a precios económicos, con la que hicieron el ademán de limpiarse los mocos, y los dos se mofaron muy queditos de una pareja de viejos que iba discutiendo.

—¡Es que eso no es de recibo, Marcial! —decía la anciana.

Desde entonces, un boli sería un *pili*, un anuncio sería un *kleenex* y ellos dos se llamarían Marcial si un día se ponían a reñir. Junto con lo del olor a *scalextric* —que designaba desde hoy cualquier fetidez—, los dos perdidos iban componiendo su álbum de chistes privados, los de la confianza mutua, los de la pertenencia común. Así se las formulaba Francisco en su cabeza cuando Primi se lanzó, como cortando su voz en *off* de monólogo interior.

—Oye, vamos a quedar —le propuso—. Pero fuera de aquí, que me recuerda a estar currando, y al *Actual Noticias*, y a toda esa filfa.

Francisco se acoquinó. Estaba obrando mal. Estaba deseando hacer lo que no debía hacer. Si lo contrario de la prudencia es la temeridad, estaba actuando con tracas y tracas de temeridad en expansión. Aceptando que no hay que meter la pata más que hasta el tobillo, Francisco estaba mojándose todo el muslo en los fangos de la inconveniencia. Se quedó mirando a Primi, con cara de pazguato atormentado por sus responsabilidades para con la ocultación. Primi notó que su sugerencia no había sentado bien. Reculó, derritiéndose de vergüenza.

—Vamos, si no has quedado con nadie. Si no has quedado con nadie el día que quedemos, quiero decir.

Francisco estaba haciendo gárgaras con sus obligaciones de escondido. Porque aceptó la propuesta. Primi le pidió que eligiera él el sitio. Fuera del CoyFer, agazapado en el laberinto de la Ventilla, Francisco no sabía de ningún bar. Pero se armó de valor y a las mientes le vino de pronto el De Prado, que recordaba del *training day*: aquel día aventurero en el que salió por ahí a ver Madrid y a hacer el manirroto comprando trenes, Bonys y suerte.

—Quedamos en el bar... De Prado, por ejemplo. ¿Sabes cuál es el De Prado?

—Pues no.

Del restaurante-cafetería De Prado llamaban la atención sus fluorescentes verdes y sus carpinterías de aluminio dorado en forma de tele, pero no era precisamente ningún pub de moda. Comida casera a tralla y el parte en la radio. Francisco, sin embargo, comenzó a soltar sin empacho esas cosas que le sonaba que se decían para hablar de bares, pintándolo como si se tratara del gran centro de reunión de la juventud inquieta, viciosa y expectante, amoral y a la deriva.

—Es un local que está bien, ponen buenas copas, música bajita. Por la mañana tiene más follón, pero por la tarde es tranquilo, y así, bien, majo, un bar, a gusto.

—Fenomenal. Dónde está.

Contestó él con nuevas y ridículas patochadas que no sabía si había leído en un folleto o en donde. Pero es que, en ese trance de cita, el espíritu desenfadado de los tiempos lo tenía aprisionado, y desfallecía por parecer hombre de mundo.

—Se encuentra ubicado en la calle Silva, centro neurálgico del Madrid más vivo.

Acordaron verse el lunes a las ocho de la tarde, ya que Francisco, por seguir disfrazando su identidad, salió con unas explicaciones sobre evaluaciones que le parecieron lo suficientemente verosímiles. Primi aceptó la hora y el día de buen grado. No porque así permitiera a Francisco ocuparse de su tarea docente, sino porque no sabía qué cara iba a ponerle Blas si ella desaparecía, pongamos por caso, un sábado por la tarde. Que aquí, quien más quien menos, todo cristo tenía algo que prefería no contar todavía.

Francisco llegó a casa en estado de agitación. Empezó por ocuparse de lo que más tiempo iba a llevarle, como el exacto calculador que se sentía obligado a ser. Esto es, por lavar la ropa de más denso tejido. Metió la cazadora «de *termoforro*» en la bañera, echó encima un churro de lavavajillas Flou (le dio miedo usar el jabón de manteca sobre su mejor prenda) y abrió los grifos, distribuyendo el flujo con su ducha de teléfono de fabricación casera. El agua se iba coloreando de gris, sin que pudiera afirmarse si era por el polvo de los años o porque la chupa perdía tinte. La restregó y la aclaró, y la puso a secar en una percha que colgó de la barra de la cortina de la bañera. La mitad de la prenda chorreaba contra la pila y la otra contra el suelo, como si su cazadora sempiterna obrara con una conciencia dicotómica según la que una manga hiciera las cosas bien y la otra las hiciera mal.

Se preparó una tortilla de patatas escuchando Radio 80 *Serie Oro* y se obsesionó con recomponer una portezuela del armario del salón. Palpaba la cazadora a cada rato, por comprobar que obraba Natura y que no le iba a tocar salir con ella húmeda, criando moho.

Por la noche, excitado por las expectativas, Francisco auditó sus recursos, a ver a qué se podía invitar. Encontró cuatro billetes birriosos de gama baja dentro de su cartera y alguna calderilla en el bolsillo derecho del pantalón, lo justo para atender sus necesidades más básicas. Pero contando aquel poco de papel y toda aquella tornillería de curso legal, miró al firmamento por la ventana y se puso el mundo por montera.

—Bueno, el dinero está para gastarlo.

Por recuperar trabajo, Francisco se aplicó a las etiquetas durante todo el sábado. Como la cazadora estaba en limpieza se puso dos camisas, para combatir el fresco de la nave. Volviendo a casa, encontró por la calle un paquete de Marlboro al que le quedaban dos cigarros. Se los fumó aquella noche, y conservó la cajetilla para guardar un carrete de hilo negro y una aguja que no se olvidaría de coger del taller al día siguiente.

El domingo treinta de marzo también trabajó. A las seis de la tarde, poco después de llegar a casa, la cazadora acabó de secarse. Con el frote, la prenda ganó un arrugón, dos arrugas y tres arruguitas que antes no había. Francisco se puso a la tarea de recomponer el desgarrón del día de Barajas con el material costurero sustraído al Benetton espurio. Pero explotó de impaciencia, porque no conseguía dar una puntada a derechas. «¡Toda la vida cosiendo etiquetas y no sé coger una aguja!», se decía por el pasillo. Ese domingo no hubo dispendio festivo, ni con Leandro ni con Blizz Cola, porque había que destinar toda provisión a lo de mañana. Cenó unas lonchas de jamón york para sándwiches y un trozo de pan. Se fue a la cama, con el estómago ocupado pero no repleto, para no sufrir pesadillas y despertarse mal. Soñó de todo, y de nada se acordaba.

El lunes de la cita trabajó durante horas sin saber qué cosía en las camisetas, y volvió a casa a las cuatro de la tarde. A prepararse.

Se afeitó, frotándose la cara con un jabón nuevo. Luego pasó a la ducha. La descubrió roñosa, como luego el resto de la casa, y sintió vergüenza, primero, y pudor, después. Porque si le preocupaba la apariencia de su hábitat era que en algún chaflán de su corazón estaba considerando la posibilidad de que quizá Primi subiera. Luego se dijo que no, que la necesidad de higiene es autónoma, ya subieran a casa Primi o una falange de unicornios. Mientras se duchaba restregó la bañera con un estropajo y un puñado de tierra de un tiesto, por ver de erosionar la costra. Se enjabonó a conciencia, incluso el pelo, y se aclaró durante un rato largo para que los restos de jabón no parecieran luego caspa. El chorreón de Nenito brotó generoso, hasta el punto de que tras diez minutos de andar con el olor por casa, se acabó lavando el pescuezo y las manos porque le pareció que iba atufando a propios y a extraños. Luego se afeitó otra vez.

Repasó su armario, a ver si había alguna prenda de la que se hubiera olvidado, y que quedaría designada por uso infrecuente como la de las ocasiones especiales. Pero recordaba todas, como quien recuerda todas las habitaciones de su casa: dos camisas, dos camisetas, dos pantalones, sus zapatos negros, las playeras La Tórtola, cuatro mudas, ocho calcetines. Tres pañuelos, un cinturón. La cazadora «de *termoforro*». Cabían varios criterios de atuendo, organizados en parejas: «ir de claro» o «ir de oscuro», «ir de dibujo» o «ir de liso», «ir de serio» o «ir de coña». Prefirió optar casi obligado por «ir lo menos raído posible» (contrapuesta en biyección negativa a «ir que parece que sales de la raja abierta en el suelo por un terremoto»), y examinó con mimo cada daño para seleccionar las prendas menos deslucidas. Como tal función coincidía con la de «ir de algodón» (que formaba binomio de contrarios con la de «ir de sintético»), pues se sintió un punto más seguro de sí mismo, porque así no mezclaba categorías. Cepilló cada pieza y se la fue poniendo.

Lo más probable era que la tarde del lunes treinta y uno algo feo ocurriera, y que quedara como un patán delante de Primi: o a cuenta de sí mismo, o a cuenta del mismo entorno, o a cuenta de la mismísima Providencia. Pues bien: aún le estaba sobrando voluntad para, encima, ponerse guapo. Para que todo aquello que pintaba tan mal, para más escarnio, le pillara curioso.

10

Francisco hizo un cuarto de hora en el CoyFer, por quien pudiera venir, y se marchó a su cita sin que nadie hubiera comparecido. Llegó al De Prado en autobús, con la chupa arrugada y a medio coser, e intentando en su inconsciencia que nadie le tocara para no descomponer unos acicalamientos que sólo él percibía. Declinando la luz, a las ocho menos dos minutos, se apostó en la puerta del bar, con una temblequera en las manos igualita a la de varios desahuciados del CoyFer calcinados a trifásicos. A toda prisa, para que ella no le sorprendiera, rellenó el paquete de Marlboro que se encontró el sábado con sus pitillos Rex, por tirarse el pisto de hombre de lujos. Acabó la operación a en punto. A las ocho y tres minutos, Primi apareció, doblando la esquina de Gran Vía con Silva.

Ambos se vieron. Todo empezaba mal. Francisco había cometido el error de esperarla fuera, y ahora mediaban entre ambos cincuenta metros en los que, ¿a dónde mirar? Se habían «visto verse» y no quedaba más remedio que echarse miraditas sonrientes, violentísimas, y durante las que no era posible no poner cara de memos hasta que acabaran de reunirse del todo. En fin. Tampoco podía haberla esperado dentro del De Prado, y empezar a gastar dinero antes incluso de juntarse con ella. Por acortar la distancia (y el lapso de simpáticas, estúpidas expresividades), Francisco se echó a caminar hacia Primi. Mala idea: si ya estaba denotando toda su inseguridad en posición de poste, cuánto no iba a exhibirla en movimiento, con sus andares de asno preñado. Pensó para sí: «Qué chungo, lo de las miraditas bobas. No hay que quedar en rectas».

Al fin arribaron el uno al otro, a la altura del número 4. Se dieron dos besos, y si Primi aún no se tenía ganado a Francisco, que sí se lo tenía, ya se lo comió del todo con su salutación.

—Qué chungo, lo de las miraditas bobas. No hay que quedar en rectas.

Los dos se rieron, confesándose las vergüenzas, con todo el hielo roto. Por ahí que se fueron, los dos desquiciados, a ver cómo estaba la calle. Cruzaron la Gran Vía y cogieron Miguel Moya. Francisco propuso seguir por Desengaño, calle de putas aviesas, y Primi, que pronto se percató de que él no estaba bromeando porque no sabía de qué tráficos se trataba en zona tan agria, propuso con todo tacto seguir por la Corredera Baja, en busca de ambientes menos pintorescos. Llegaron a Bilbao, siguieron por Sagasta y luego por Alonso Martínez, y Chamberí reventaba de fresca hermosura. A Francisco ya no le importaba si se besaban o no, o si se metían en la cama, la misma los dos, todos juntos, un rato. Le valía con estar con ella, viéndole la cara y oyéndole la voz. Poco dados a que los demás les escucharan, y por disfrutar de la novedad al respecto, no tardaron en entrar en temas personales.

—¿Tú no tienes hijos? —preguntó Primi.

—No... no, nunca he tenido algún hijo, ni nada... Tú sí tienes, ¿no?

—No... Por Blas. Dice que la gente tiene hijos para tener a alguien al que sentirse superior.

—Ese abrigo te lo ha regalado ese Blas, ¿verdad?

—¿Y tú cómo sabes eso?

—Porque te queda corto. Tengo la impresión de que Blas te recuerda más pequeña de lo que eres.

Igual estaba adivinando en falso. Porque Primi, que se lamentaba por dentro de que se le notaran por fuera sus calamidades, le miraba con cara de nada. Francisco prefirió asegurarse.

—Te lo regaló él, ¿no?

—Por mi cumpleaños. El día después de mi cumpleaños.

—¿Lleváis mucho tiempo?

—Viviendo, seis años. Es buen tío. Vivimos en una casa que vence hacia un lado. El piso está inclinado, tiras una canica con un poco de efecto y se va para la cocina. Y yo creo que eso nos desequilibra.

Hubo doce pasos en los que ninguno dijo nada. Pero Primi no podía callarse lo que dijo después.

—Nos llevamos de puta pena. Es muy buen tío pero nos llevamos de puta pena.

—Si no quieres no me cuentes más, igual me estoy pasando.

—No, qué va —dijo Primi.

Y por seguir conociendo a alguien, ella continuó preguntando.

—Tú no tienes cara de casado.

—No, yo no me he casado... ninguna vez.

—¿Y la gente qué te dice?

Francisco no sabía a dónde mirar, y pensaba «¿Qué gente?»

—¿Eh...? Nada, no me dicen nada. Todo correcto.

—¿No te llaman inmaduro, y lerdadas así?

—Bueno... no sé si alguna vez...

—Seguro que sí. Te lo llaman siempre los que se casaron por error.

—No sé, nunca me han dicho nada —contestó Francisco, temeroso de derrumbarse de tanto mentir.

—Si no te lo dicen es que te entienden bien. Y si te entienden bien, es que tienes muy buenos amigos.

—Pues... sí. Muy buenos amigos.

Para un recuento de esas amistades espectrales sobraba con la uña de un meñique. Pero había que hacer de tripas corazón y aplicarse a la tarea de ponerse en el papel. Al fin y al cabo, pasaba horas fantaseando con saludar a sus conocidos por la calle, con componer listas de amigos según escalas piramidales de confianza y con cenar con los íntimos en Nochebuena. Teniendo todo esto en cuenta, Francisco empezó a ilusionarse imaginando la vida que no llevaba y se arrancó a declamar sus sueños como un sonámbulo del tipo noctílocuo (palabra que conocía de los crucigramas de *El País*).

—¡Sí, qué carajo! ¡Muchos amigos! Uno del instituto. Rober. Por Roberto. Era alumno y ahora es Jefe de Estudios. Vino de Argentina con lo puesto. Todo se lo ha hecho él sin tener que joder a nadie. Al contrario: cuando no está, no sabemos qué hacer en el instituto. Vamos, en el insti, que es como llamamos al instituto. Y la señora Emilia, que es una compañera que no se quiere jubilar, que lleva la biblioteca pero que está metida en todo, organizando viajes a las ciudades Patrimonio, al Parque de Dinosaurios de Soria, a la fábrica de Donuts...

Francisco ya no podía parar de contar su vida falsa, con sus términos desfasados, entusiasmado por la locomotora humeante que eran sus ganas de que le pasaran cosas.

—¡Y un grupito de chavales de tercero, que discutimos de música, que si ellos con el rock-pop, que yo que esa música no la entiendo, que si me dé un voltio con el patín que no me voy a matar! ¡Unas peleas! Todo de coña, ¿eh?

—Igualito que los anómalos que trabajan conmigo. Sois muy pocos los que estáis contentos con el trabajo que tenéis.

Francisco habría continuado, pero mirarse la manga de la cazadora, la de estar cosiendo etiquetas y vigilando la puerta por si entraban a por él, le devolvió a la realidad.

—Bueno —dijo—. Sí. Ahí está, la cosa, eso es —los jirones de palabras que no dicen nada.

Se fue haciendo de noche. Se contaron sucedidos y bagatelas de sus vidas (invenciones y trolas las de él, oportunidades perdidas y jerséis a medio tejer las de ella) y tomaron un café con leche en el Comercial. A ninguno le daba apuro que se crearan silencios, y sí mucha alegría íntima que ninguna de las lagunas fuera molesta. A las doce, rondando por Concepción Arenal, Francisco dio un respingo ante el escaparate de Casa Reyna, la tienda de modelismo de más solera de Madrid. Ya había cerrado, pero exhibía sus artículos con la iluminación nocturna. Pegó la cara a la reja contráctil y se entusiasmó sin ambages, no sabía si por lo que estaba viendo o por ir al lado de una mujer que, sin más, le hacía sentirse alguien.

—¡Mira esta tienda! ¡Yo he estado aquí antes, hace lo menos veinte años!

—Pues aquí sigue.

—Mira qué belleza... ¡Mira esa!

—¿Esa qué...?

—La locomotora plateada. La Zückerssusi, de los Reales Ferrocarriles de Baviera. La retiraron en 1868 por inútil. Pero era tan hermosa...

—Chucu-chucu.

—No sé si te aburre esto de los trenes...

—Para nada. Mi padre era ferroviario. Primero en Ávila, luego en Guinea Ecuatorial.

Primi le dio cuatro datos sobre su pasado africano. A Francisco le hizo gracia biografía tan accidentada. Era la quinta vez que se reía con ella, y ninguna había sido por quedar bien, como cuando iba con chavalas a sus dieciséis años. Y ella, a cuenta de su relato, le pareció a Francisco tropicalmente excitante, atractivamente mundana, colonialmente deseable. Entusiasmado por todo, acercó su cara aún más a la reja metálica: para ver mejor y para sentir el frío del metal. Divertida por el gesto, Primi hizo lo mismo.

—La *sukisusi*. Parece un estuchito para dos bombones —dijo ella.

—Luego esa cosa tan pequeña se pone a andar —Francisco, como borracho, cogió tímidamente a Primi de la mano—, engancha un vagón y se lo lleva.

Los dos se miraron, durante el segundito mínimo de audacia que les permitió su miedo a todo, y volvieron a pegar la cara al cierre, con los dedos cogidos. Francisco siguió hablando, porque este silencio al tocarse ya sí resultaba violento.

—Con un movimiento muy suave, con un ruidito como de corazón...

Una mano le empujó el cogote con fuerza, la suficiente como para que su cara se estrellara con estruendo contra el hierro de la reja y como para que Primi acusara también el golpe. No fue tanto dolor lo que sintió como pánico a la retaguardia desasistida. A alaridos, una voz tapizada a base de puros y cubatas, henchida de satisfacción, gritó tras ellos.

—¡Eh! ¡A ver! ¿Por qué no vais a sobaros al parque? ¿Es que no tenéis casa? ¿No veis que hay niños delante?

Al girar, se encontraron de frente con un sujeto al que ni Francisco ni Primi conocían de nada. Era un tipo bien vestido, cincuentón, con caracolillos engominados a la nuca. Venía de Desengaño, con sus copas encima. Le acompañaban dos chavales de doce años a los que fascinaba el comportamiento del adulto, porque se partían de risa con cada estupidez que profería. Se encaró sin más con Francisco, sin otro motivo que adornar su lunes de juerga con el poco de sangre que ya fluía por la mejilla de su víctima. Siguió chillando, irascible, admirado por los dos niños.

—¿Eh? ¿Qué te pasa a ti? A ver, sóbame a mí a ver qué. ¡Que te estampano! ¡Sobón! ¡Chulo!

Y repetía lo de «sobón» y lo de «chulo» como si azuzara a dos bueyes ayuntados. Francisco y Primi huyeron corriendo hacia el lado opuesto de Gran Vía, aterrorizados por un castigo que no podían atribuir a nada. Primi, que por una vez salía de noche, sin beber nada, sin tomar fumables, ni potables, ni ingeribles, ni chupables, ni inhalables, como esos compañeros a los que envidiaba en secreto en el *Actual Noticias*, se preguntaba por qué concitaba tanta cólera. Francisco, que vivía poniendo los medios para conjurar su condena, penaba ahora por un delito que no atinaba a localizar. Estar por la calle con una chica que le gustaba, quizá. Pero vaya delito, vaya justicia, vaya ley de los huevos. Hubiera preferido tener DNI para darle una patada en la boca a aquel beodo sin temer a detenciones que tener DNI para cobrar los doscientos millones.

Torturado por haber quedado como un cobarde delante de Primi, Francisco detuvo el paso cuando hubieron puesto tierra de por medio, y cuando calculó que ninguno de los viandantes con los que ahora compartían calle les había visto quedar como dos alfeñiques, atemorizados por un borracho y dos niños de corta edad.

Con su noche arruinada, caminaron muy silenciosos hasta Sol, donde Primi cogería el metro. Francisco iba amargado con todo motivo. Todo se le negaba. Si tenía dinero, no podía cobrarlo. Si tenía una amiga, la gente se reía de él y de la amiga. Muerto de vergüenza, muerto de miedo, muerto de insatisfacción. Era como en las escuelas. Un chulo que se llamaba Regaliza lo avasallaba día tras día, sin posibilidad de respuesta. Todo se acabó cuando conoció a José Ramón Pérez Marina, pero hasta entonces sufrió a Regaliza con la resignación de quien es daltónico: sin concebir siquiera la posibilidad de dejar de serlo. La amargura que saboreaba en la lengua no era ficticia. Toda la electricidad de su sistema nervioso se estaba concentrando en su boca, formando una bola de gusto a cerillas. Iba muerto de asco, arrumbado en su pesar, ardiendo de dolor al figurarse lo que Primi estaría pensando de él.

Pero ella siempre lo arreglaba todo. Detuvo la marcha, sonrió a Francisco abiertamente y le dijo esto:

—Tú estarás muerto de vergüenza por lo que ha pasado. Pero a mí me pareces un gran hombre.

Y le acarició la herida, simulando un cómico besito de abuela. Se evaporaron las zozobras entre ambos. Reconstruyeron los hechos en voz alta, por familiarizarse con ellos, y oyéndolos en el aire parecían menos graves. Era como escupir lo amargo que se mascaba, y enjuagarse luego con Kas Limón. Cuando llegaron a Sol, las ganas de sobreponerse eran tan grandes que decidieron bajar hasta Tirso de Molina, una parada más allá; y luego hasta Antón Martín, dos paradas más allá; y luego hasta Atocha, tres paradas más allá. Hablaron sobre el miedo, con un desparpajo que convirtió el suceso de la reja en utilísimo objeto de análisis práctico sobre el que estudiarse, tanto por separado como de a dos. Las calles se fueron vaciando. Llegaron a la Glorieta, de la que ya casi habían desmontado el *scalextric* gigante que dominó la plaza durante años. Había cascotes y vigas por todos lados, como si la propia Atocha se hubiera sacudido el paso elevado con un formidable meneo de escápulas.

Entonces les oyeron de nuevo. Los tres de la agresión circulaban por la acera de El Brillante, con las risitas infantiles de los dos testículos y los gritos agrios del pene de en medio.

—¡Para saber beber hay que saber mear! ¡Y con ese rabito que tenéis no sé ni cómo podéis mear!

Fue todo muy rápido. En cuanto vio que el trío accedía al metro, Primi agarró cinco cajas de fruta podrida que atufaban la calle a la puerta de El Tres, el bar de los bocadillos para chivos de la mili. Se apostó medio agazapada en la parte estrecha de la baranda de la boca salida a calle Atocha y cuando el de los caracolillos y sus dos amiguitos ganaron el escalón preciso, les lanzó desde arriba toda la basura.

Acertó de pleno. Los dos niños huyeron aterrorizados como si los hubieran bombardeado con napalm. El hombre, que ante ellos dos pretendió disfrazar de comicidad el suceso, se sentó en el suelo, aplanado y chorreando mierda. Con su noche cercenada, sin saber ya qué hacer para que le quisiera con amor sincero alguno de los niños que sacaba por ahí a conocer Madrid, se quedó doliéndose por lo difícil que era todo, y avergonzándose por haberse sentido héroe durante un rato. Él, que en realidad no era más que un sosaina que acababa siempre gastándose en los demás el dinero que no tenía. Aquel día, lo menos ochenta *fantas*.

Francisco y Primi cabalgaron como dos *cowboys* hacia el Botánico, muertos de risa, saciados de ira. A la carrera,

Francisco se admiraba de la vida. Este de la inmundicia desde la barbacana fue su acto terrorista más organizado, más agresivo, más redondo y más justificado. Tan entusiasmado estaba por la acción que a punto estuvo de contárselo todo a Primi para que ella también cobrara conciencia de la grandeza de lo que acababa de pasar: que llevaba toda su vida concentrado en la lucha y estaba debutando a sus años, con una caja de naranjas mohosas y otra de plátanos renegridos, no me jodas que no es para que se le caigan a uno los cojones hasta el dobladillo del pantalón. Celoso de su circunstancia, enseguida le espantó su propia ocurrencia, chorlitera y temeraria, de contar nada.

Tras cerciorarse de que sus víctimas ya se habrían ido, se despidieron bajo las ramas salientes del Botánico, con dos besos y sonrisas sin cuento, todas verdaderas. Primi cogió el que debió de ser el último metro de ese treinta y uno de marzo de 1986 en la boca del Ministerio de Agricultura.

Francisco volvió a casa en taxi: manirroto, feliz, enamorado. Usó el servicio llamando al coche a viva voz, sentándose en el asiento del copiloto, dejando al criterio del taxista la ruta a seguir y aceptando la conversación del profesional. En definitiva, haciendo todo lo que no hay que hacer, y dejando patente que era la primera vez que cogía un taxi en toda su puta vida.

Cuando Primi llegó a su dormitorio encontró a Blas haciendo como que leía en la cama. Ella sabía que cuando Blas se quedaba solo en casa se dedicaba a vociferar barbaridades, blasfemias vibrantes, cerdadas digestivas y obscenidades contra nadie, práctica inofensiva que le calmaba de sus ansiedades. Tenía cara de que había sido su pasatiempo de aquella tarde. Funcionó la mentira que Primi le había endilgado antes de irse, a cuenta de un retraso de diez días en las tareas ya realizadas.

—¿Qué pasa, que lo del vuelo del miedo al avión era de noche? —le preguntó el engañado Blas.

—Sí, ¿no te lo había dicho? De noche les da más yuyu y cunde todo mucho más.

Blas se arropó para dormir. Estaba agotado de tanto teatro universitario, pero le siguió quedando escénico el parlamento tan dramatúrgico que declamó:

—Hoy no ronques. Por lo menos hoy.

Aquel piso inclinado operaba sobre los ánimos. La gaseosa no mantenía la perpendicular trigonométrica dentro de su botella. Las hormigas hacían menos esfuerzo o más según hacia donde corrieran. Las linfas de los mamíferos que allí habitaban andaban siempre en oleaje.

II

El martes uno empezaba abril. Faltaban ochenta días y que el mundo diera la vuelta para poder cobrar el dinero. Francisco trabajó en el taller desde las siete de la mañana, por ganar costura al tiempo. Estaba como bobo, alternando el recuerdo recoleto de la noche anterior con la losa de sus cuitas. Ni oía los ruiditos preocupantes de la nave ni percibía los reflejos de los camiones, tan borracho de eventos se sentía. No estaba a lo que estaba, ni estaba a nada. Así que cuando se quiso dar cuenta se había cosido una manga de la cazadora limpia a la camiseta sobre la que laboraba. Se la sacudió como si fuera una murciélago gigante, pero no conseguía desliar la costura. Le entró la risa, esa fea del miedo, y comparaba la prenda de imitación con sus doscientos millones de pesetas.

—Así tengo yo la millonada. Cosida al cuerpo para que me joda a base de bien.

El plazo para rebañar el dinero del plato de la mala suerte se iba agotando.

Primi, por su parte, sufrió esa mañana las urgencias de Toharia en *Actual Noticias*. Con su estulticia asomando por su delirante lenguaje, el director necesitaba «resultados contantes y fehacientes, así como sonantes» (que hasta «fehacientes» sonaba sin hache). Esto le dijo:

—Primitiva, va dando la cuenta atrás en nuestro crono. Y no hay el artículo sobre la mesa de mi despacho. ¿Has averiguado las pesquisas del paradero? Del paradero del del premio, digo.

Primi le pintó un panorama desolador. Contaba con encontrar al oculto, siempre lo hacía, y mayor sería el triunfo de cara al jefe cuanto más desasosegantes fueran los informes previos. Ante los que Toharia se enfadó, como estaba previsto. Soltó ese «¿Es que lo tengo yo que hacer todo?» que sus glosadores se resistían a incluir en sus novelas porque sobre el papel resultaba artificioso y consabido, por mucho que fuera tan real. Luego se fue a la fotocopiadora a rellenar la bandeja de folios. Primi se aplicó a pegar la oreja a la conversación que mantenían en voz muy baja Laura y Ricar, que versaba sobre el director.

—¿Qué tal le va a Toharia con tu hermana?

—La verdad es que mal. Dice que no se han encontrado un caso más raro desde que abrieron la consulta —y Ricar se daba con el dedo en la azotea—. Y que a la Psiquiatría le faltan dos décadas para solucionar su tema.

—¿Le has dicho a Toharia que su psiquiatra es tu hermana?

—Ni pensarlo. Luego le da por hacerse amigo mío.

—¿Las pastillas le funcionaron?

—Algo hacían. Pero las tuvo que dejar de tomar porque le daban un hipo espantoso.

—Pobre hombre.

—Dice mi hermana que es imbécil. Que le aprecia como paciente, pero que no hay nada que hacer mientras Toharia no se dé cuenta de que lo mejor que puede hacer es pedir el alta en el manicomio. «Para descansar de sí mismo», me dice la hermana.

Toharia sintió cuchicheos y levantó la vista de la fotocopiadora. Se dirigió a Laura y a Ricar, incardinando el inquietante estilo colegial de cuando se encorajinaba en su desconcertante y demencial habla habitual.

—¡Oigan, Ricardo y Laura! ¡Si es tan enérgicamente interesante lo que están hablando mutuamente, cuéntenlo en altavoz y así nos enteramos todos!

El director desistió de recargar la fotocopiadora, porque es que las hojas no le entraban. Primi se sonreía de tapadillo. Por lo bien que se sentía aquel martes y por lo patanes que le resultaban todos. Había dedicado la noche anterior a callejear con un sujeto nada guapo, que iba hecho un pingo, que fumaba cigarros camuflados porque, como se le notaba a la legua, no tenía ni para espuma de afeitar. Se lo había pasado bien, y aquella mañana le alegraba saber que podía salir cuando quisiera del charco de inmundicia humana en el que chapoteaba: con sólo volver a quedar con él. Todo esto le ponía de buen humor. Qué novedad, el buen humor.

Francisco seguía bajando al CoyFer por las tardes: por si algún día se dignaba alguien a orientarle con nuevas instrucciones. Y porque, como él se iba dando cuenta, el bar respiraba paz a aquellas horas. El CoyFer vespertino se vaciaba de estridencias y se llenaba de luz castellana. En la barra siempre había para leer: un periódico a medias, varios folletos sábana con ofertas del Dia, el *Caza y Pesca*...

El jueves tres de abril por la tarde Francisco tomaba su café con leche en su trozo de barra. Con mucha mejor cara. Frente a él, Fermín sacaba unos vasos del lavavajillas. Con la timidez de la primera vez, el camarero se arrancó a hablarle.

—Ahora viene usted más por las tardes que por las mañanas.

—Sí. Me han cambiado el turno.

El raro no era tan ogro. Podía hilar un pretérito perfecto de indicativo y ponerse lo suficientemente nervioso al pronunciarlo como para pensar que no era huraño, sino tímido. Lo que abría expectativas de acercamiento que quizá derivaran en algo de compañía nueva.

—¿Y qué? ¿Mejor? —preguntó Fermín con no menos apocamiento.

Francisco, a quien le estaban pasando más cosas que en toda su puta vida, sonrió de oreja a oreja. Es que le pilló pensando en Primi.

—Sí. Todo muchísimo mejor.

No hubo más intercambio. Fermín barajó la opción de seguir por «me alegro, no todo va a ser madrugar». Pero para entonces, Francisco ya había metido la cara en el vaso del café para cortar tanta cháchara. No era cosa de desconcentrarse con más amistad, que de últimas no hacía más que tratar con gente todo el día.

A las ocho se fue a casa. Notó la presencia de alguien en su rellano. Los cambios nunca vienen solos, y era de temer que cualquiera de los enemigos que sentía en el cogote estuvieran estrechando su cerco para fisgonearle los pantalones. Caminando con los laterales exteriores de los pies para amortiguar el ruido, asomó tras la barandilla de la escalera.

Era Primi, que tocaba el timbre de su puerta. No le hizo gracia la intromisión, pero le encantó verla allí, buscándole, achicharrando su botón y esperando su respuesta. No le gustó la inesperada visita, que parecía meterle el dedo en el ojo cuando pulsaba el timbre con el índice, pero le hizo feliz encontrarla ante la puerta tristísima de la casa de las penas, así eran las contradicciones que se cocían en su ánimo. Primi venía con un paquetón, y se rio de nervios cuando vio a Francisco.

—Llevo ya un rato. Dirán los vecinos que quién será esa.

En aquel inmueble, vacío como un ataúd sin estrenar, eso era lo menos preocupante. Francisco no tuvo más remedio que acogerla, y aguantarse la vergüenza de que Primi viera la mierda de chabola en la que pasaba sus días.

—Sí, pues si vieras la mía —dijo Primi para contrarrestar—. ¿Sabes la Torre de Pisa? Pues mi casa se parece mucho.

Y Primi se lanzó a detallar las particulares tendencias de los pisos de su piso. Se rieron a base de bien: por las grotescas oblicuidades y por el gustito que daba volver a hablar de lo menos honroso de cada uno, sin más tapujo, como el lunes, ya martes, después de los acontecimientos con el maloliente de los caracolillos. Luego Primi le entregó el paquete. Acobardado por un protocolo del obsequio que no había tenido jamás ocasión de ensayar, Francisco lo abrió mientras Primi sonreía frente a él.

—No sé si te va a gustar. Igual no.

Era la locomotora Zückerssusi, con cuatro vagones de mercancías y un circuito de vías completo. Francisco, confundido como por la fuma de ochenta Rex, no sabía ni dónde estaba.

—Por qué sabes que quería esto.

—Ah, ¿querías un tren? Ja ja ja.

Radiante, abobado y perdido, Francisco no acertaba a decir nada. Primi, por llenar silencios, horrorizada de nervios porque sabía que se estaba pasando sin que nadie se lo hubiera pedido, se lanzó a soltar borbotones de chistes malos y referencias al escuálido pasado común de ambos:

—Pues estaba segura de que no te iba a gustar. Je je. Ya ves, un tren, un juguete «para críos». «Pero era tan hermosa...», ja, je. Va para adelante, va para atrás, «muy suave, con un ruidito como de corazón». Y ya puestos, no me pude aguantar las ganas y te cogí esto también, para que trisquen por las laderas.

Sacó de su bolso un estuche diminuto, con seis vaquitas a escala para ambientar el paisaje del tren. A Francisco se le iluminó la cara, y medio lloraba. Cogió la de Primi con las dos manos y se la besó en todo el medio. Primi le siguió, y trabaron los labios de torpes enamorados. Lo de Francisco era Nenito, pero hacía mucho que Primi no sentía tan adentro el olor a Nenuco. Primi era sospechosa, pero hacía desde nunca que Francisco no sentía tan adentro el olor a algo.

Hicieron el amor en el sofá, que no tenían ni idea de hacerlo. Luego Primi tuvo que irse corriendo. No hizo falta que convinieran verbalmente en que deseaban volver a verse. Ya lo convino por ellos todo lo bien que se lo pasaban juntos. Ya lo tramitó en su nombre lo importantes que se sentían cuando iban por la calle el uno al lado del otro. Primi confeccionó para Francisco una tabla de horarios en la que venían las franjas de tiempo a las que le podía llamar a casa sin que Blas se enterara. Era, desde luego, calcadita a la retícula de horas lectivas de la asignatura más grotesca de la Facultad de Imagen de la Complutense. Las bandas iban marcadas con rotulador Stabilo Boss de color verde lima. Algunas camisetas del Benetton de pega, el polo Calippo y la funda de un estuche escolar que había en un escaparate de Bravo Murillo eran de ese mismo verde fresco y luminoso. Para Francisco, ese era el color que ya para siempre le evocaría a la chica a la que un día conoció. Él era el chico al que ella conoció un día.

La de 1986 fue la primavera que pasaron haciéndose amigos y comprobando a cada rato que no había nada como estar juntos dándose cariño. La estación bonita siguió su curso mientras ellos aumentaban la valija de sus chistes privados y, con ella, el placer de su intimidad. Se les hacía entrañable a más no poder que Primi tuviera unos tíos en La Guindalera y que Francisco viviera cerca de la calle Guindo, ya ves. Al metro que llegaba justo cuando ellos bajaban al andén le gritaban «¡taxi!» como si fuera un servicio de pago que acudía a su llamada, qué cachondeo. Les divertía a rabiar la ternura de prestarse calzoncillos y bragas, la casualidad de que las iniciales de sus nombres de pila fueran las de la Formación Profesional y la cochinada de enseñarse lo que estaban masticando.

La pamema de encenderse un cigarro mientras follaban les hacía mucha risa. Daban dos caladas sin despegarse, celebraban la ocurrencia con cada vez mayor carcajada y luego seguían besándose. Así reunían su panoplia de panolis pasándoselo bien. Desde fuera habría resultado irritante tanto algodón de azúcar. Como estos dos nunca tenían a nadie en ese fuera supuesto, terraza para opiniones, pues todo les daba igual.

Empeñado en sacar horas para el retoque de camisetas bastardas, Francisco acusaba la falta de sueño. En varias ocasiones, después del amor, Francisco se quedó dormido en su camita, poco más ancha que una tabla de planchar. Primi entonces le hacía bobadas. Le trazaba la señal de la cruz sobre su cuerpo, rematándola con su beso. Le pintaba con un boli letras y dibujos sobre la piel. Le hablaba mientras le veía dormir con la boca abierta.

—Con la de parvulitas que tiene que haber en el instituto y vas y te fijas en esta anciana.

Otras veces era Primi la que se quedaba dormida en la cama minúscula de Francisco. Y desplegaba la trompetería de sus ronquidos. A Francisco, que la contemplaba pasmado de dulzura, aquellos rebuznos le provocaban tanta ternura como a Blas estrés. Con la tamborrada de fondo, Francisco le decía cosas que ella no podía oír.

—Me gustas mucho. Me gusta hasta tu nombre. Que mira que es feo.

Repetía los comentarios, cada vez a mayor volumen, con la secreta intención de que ella se despertara y volviera a hacerle compañía. El truco funcionaba, Primi salía del sueño y preguntaba alarmada si había roncado. Francisco no tenía más remedio que confesar que sí, y ella se alborotaba pidiendo perdón, con un apuro que era cómico de tan sentido que era. Ahí ya Francisco se derretía del todo, riéndose de sus alaridos de clemencia y de cómo ella lo convertía todo en placer bonito. En el fondo estaba fascinado con el hecho de tener a alguien con quien sencillamente hablar.

En ocasiones desplegaban el tren, y Francisco se quedaba absorto mirando cómo la Zückerssusi enganchaba el vagón-correo, repleto de dinero, y lo ponía a dar vueltas por el óvalo con su oculta carga millonaria. Construyeron unas casitas de cartulina, como reproduciendo una aldea de vida apacible en la que sólo vivían ellos dos y seis vaquitas de plomo.

Otras veces merodeaban ante la Delegación de Cea Bermúdez, cada uno por sus razones, y volvían a encontrarse con la caterva de husmeadores. Todos seguían buscando a Francisco, con una voluntad de acero de la que se inferían fortísimas motivaciones personales. Primi, que estaba marrando en la tarea encomendada, le exponía a Francisco sus zozobras. El plazo para encontrar al del premio se iba agotando y ella no había hecho progreso alguno. Todo apuntaba a que de aquella baza iba a resultar su despido, porque en *Actual Noticias* no le iban a pasar por alto un fracaso como este. Francisco se comía las uñas, notaba que la merienda dactilar delataba su desasosiego candente y se metía las manos en el bolsillo, con sus uñas enteras y adosadas a sus dedos respectivos. Azuzado por su mala conciencia, calibraba la posibilidad de contarle a Primi su secreto más oscuro. Imaginaba este diálogo:

YO: Mira, es que el del premio soy yo.

PRIMI: Vaya, qué coincidencia. ¿Podría hacerte una *interview* para una revista de información general en la que colaboro de forma asidua?

YO: No. Porque soy del GRAPO.

PRIMI: Ah, pues vete a la mierda porque yo, problemas con asesinos, prefiero soslayar.

Este otro también estaba entre los *hits* de su dramaturgia íntima:

YO: Mira, es que el del premio soy yo.

PRIMI: Vaya, qué coincidencia. ¿Y en qué has empleado cantidad tan generosa?

YO: En nada. No he cobrado.

PRIMI: ¿Ah, no? ¿Y eso a qué se debe?

YO: A que no tengo DNI.

PRIMI: ¿Quizá porque se ha extraviado, quizá porque te ha sido sustraído?

YO: No. Porque soy del GRAPO.

PRIMI: Ah, pues vete a la mierda porque yo, problemas con asesinos, prefiero soslayar.

O este, más breve y más sombrío:

YO: Mira, es que el del premio soy yo.

PRIMI: Ya lo sé. Y eres del GRAPO. Tirando para la cárcel, que yo soy policía hasta las trancas.

yo: ¡Pero mi amor, con lo que nos queremos!

primi: Ah, pues vete a la mierda porque yo, problemas con asesinos, prefiero soslayar.

Luego, en peor estado de nervios, Francisco pasaba a comerse los pellejitos de dentro de la boca mientras se torturaba pensando en la que estaba liando. Sólo era en apariencia que tenía dos opciones (contárselo todo o callarse como un transistor sin pilas). Existía una tercera, a la que se encomendaba desde siempre: la de la inacción, la del atributo de «bendita». No hacer nada. Ni mentir ni sincerarse. Sólo dejar que las cosas fluyeran, sin intervenir para nada, dejándolo todo pasar. Que, a base de esconder la cabeza, el avestruz había evolucionado hasta erigirse en el ave de más imponente alzada y mayor velocidad en tierra. La indolencia era lo indicado en casos como este, en el que la magnitud del embolado convertía en soberbia la pretensión de querer influir sobre los acontecimientos de los días. «Acción, reacción, inacción», se repetía por dentro con cara adusta. Y, estucando con la cantinela las paredes de su chabola filosófica, sentía que la altura de sus reflexiones ganaba pies, por el mero hecho de que la tríada sonaba aguda (no quizá por su finura. Sí, desde luego, por su triple acentuación, con sus sílabas tónicas de final).

Pero pronto se olvidaba de sus obligaciones y de sus secretos y de sus cuitas, y se iba por ahí con Primi, a ver Madrid. Les gustaba Eloy Gonzalo, Iglesia y Martínez Campos. Para Francisco, los paseos eran un Bravo Murillo gigante y primaveral, un regalo inesperado sin el que ya no podía pasar. Las felices caminatas, ahora bien, destrozaban sus finanzas. Las 119,3 pesetas diarias ardían como una caja de cerillas arrojada a la incineradora del tanatorio. Disimulando a cada rato, Francisco esquivaba los planes más costosos de Primi (merendar, coger el teleférico, comprar una revista). Ella, que lo notaba, se hacía cruces en su fuero interno sobre las escuálidas condiciones retributivas de los docentes de enseñanza media. Luego lo arrastraba hasta el quiosco o hasta la buñolería y le ofrecía homenajes a cuenta de sus delgados emolumentos en *Actual Noticias*. Francisco reaccionaba con contrainvitaciones, que a veces Primi aceptaba por no hacer feos. Luego, el multimillonario de pega pasaba el resto del día recomponiendo el estropicio a base de almorzar chicles usados y de beber mucha agua del grifo para rellenar el aparato digestivo. Siempre tenía menos dinero del que pensaba, que ya eran ganas de pensar sobre lo enteco. Pero daba igual. Francisco, exultante de alegría, no estaba para cautelas ni para previsiones.

Así pasaron ese trozo grande de primavera. Haciendo el memo, haciendo el gandul, haciendo el amor y riéndose de las horteradas que hacían y decían sin resquemor. Parodiando la cursilería, que creían que así la conjuraban, no hacían otra cosa que instalarse en ella, proceso muy común al que ellos no escaparon. Y qué bien les sentaba. No les daba vergüenza. Quizá porque intuían que, como se ha dicho, lo irritante del almíbar saturado no es su dulzura pegajosa, sino la ostentación pública que de ella se hace. Práctica que aquí no cabía, pues no tenían ante quién ostentar.

Sus cursiladas sonaban en sus oídos a lírica de alto vuelo, y sus jueguecitos resultaban a sus ojos eficaces *sket-*

ches de ingeniosa comedia. Un par de amojamados, es lo que le habrían parecido a cualquiera ante el que hubieran desplegado sus mamonadas. Como aquí no había ante quién desplegar nada, la cosa quedaba zanjada, y se decían piropos culteranos sin pudor, en la intimidad de sus cajones estancos, hala, y a intensidad creciente. Se enamoraron mucho, pero mucho, porque ya era hora. Primi tenía que irse a los días de Guinea Ecuatorial para encontrar momentos tan felices. Francisco no podía irse a día alguno para ensayar un cotejo mínimamente veraz.

Él trabajaba con menguado rendimiento, a desgana, y algún incauto con pretensiones compraría en el mercadillo alguna de las muchas camisetas de Benetton que el operario ido y encandilado despachó con la etiqueta cosida boca abajo. Ya casi nunca iba al CoyFer, así que si alguien fue a darle instrucciones, a él allí no lo encontró. Tras cosechar tanto plantón, se le olvidaba bajar. O quizá era que quería olvidarse, porque los del GRAPO empezaban a parecerle muy lejanos. Daban las siete en el CoyFer y él estaba en otra. Oyendo, por ejemplo, Radio 80 *Serie Oro*, atento a ver si ponían «Las palmeras» de Alberto Cortez, que a Primi le gustaba mucho porque daba mucho miedo. Arreglando la casa de arriba abajo para que Primi la viera presentable. Arreglando la casa de arriba abajo, en el fondo, porque en sus adentros sentía que aquella cochiquera desaseada no era el lugar en el que debía vivir el sujeto que había sido capaz de enamorar a una mujer tan excepcional.

Francisco estaba empezando a quererse. Con cinco gomas de borrar, que supusieron un desembolso casi inapreciable, dejó las paredes bastante más blancas de lo que estaban. Lavó cortinas y cobertores en la bañera, y sucesivas manos de lija arrancaron mucha mugre de los rodapiés y de algún mueble. Que además quedaron curioseados con algo que Francisco quiso relacionar con un atractivo aspecto rústico.

Pero lo que más hacía, cuando no quedaba con Primi, era tirarse a la calle. Se iba él solo a Bravo Murillo. Ya se podían ir jodiendo todas las desconocidas a las que deseó durante años por las vías de Madrid. Él ya estaba servido, y se acariciaba con una mujer que le quería y a la que podía entrar en cualquier momento con reducidísimas, residuales posibilidades, ápices pulverizados, ninguna posibilidad a efectos prácticos, de rechazo. Olvidaba sus precauciones, haciendo cosas tan desaconsejables para «el deporte» como pedir fuego a un transeúnte, tocar la cabecita a un crío simpáticamente, aceptar las disculpas por algún toque fortuito, con ulterior, liviana conversación... Como un tipo normal en sus ratos de asueto, Francisco se echaba a andar con el propósito de estar de vuelta a las siete y meterse al CoyFer a ver si había enlace que se presentara. Pero la hora le daba en Cuatro Caminos, o en Quevedo, o en la calle Luchana, atiborrada de gente, que era como ir por propio pie al paredón de fusilamiento.

Cuando quedaban, Primi se volvía feliz a su casa inclinada, a hora prudencial, abriendo con cuidado la puerta. Blas hacía como que no estaba, y si estaba qué pasa. Un día de principios de junio, sin embargo, tras pasar la tarde con Francisco y mientras buscaba unos quesitos en la nevera, Blas apareció en la cocina y se dirigió a ella.

—Te ha llamado tu jefe. Que si tienes localizao al de los millones. Le he dicho que yo qué sabía. Por poco me muero de vergüenza. Cumple con tu trabajo, Primi. Eres la primera en poner a los vagos a caer de un burro y luego, mira. Sé consecuente. Que queda muy bonito decir por ahí que eres «periodista», pero te ponen a ti a escribir del Watergate y todavía está Nixon de presidente.

Hasta los chistes los hacía Blas con amargura. Con una tristeza de la que, a pesar de todo, Primi se hacía cargo. No porque fuera ella especialmente comprensiva, porque cuando deseaba la muerte de Toharia en accidente de moto no demostraba destacar en tal virtud. Sino porque era muy fácil entender que Blas, en su aula subvertida y en su facultad de errata, dolorido por el esfuerzo de sus escenificaciones, estuviera pasándolo tan mal como un gallo sin garras en el redondel de la pelea.

Aproximadamente a esa misma hora de aquel mismo día, Francisco le iba contando cosas a Primi, él solo, en casa, en voz alta, como solía cuando ella se iba. Le decía payasadas de las que se barruntaba que le iban a hacer gracia, y se reía con ella figurándose que los dos estaban juntos sin nadie delante. Imaginándose que los dos estaban en su burbujita. Se sentía tan pletórico que echó la mano hasta el dintel de la puerta de la cocina y empezó a empujar hacia arriba de alegría, por expandir su euforia. Pero paró porque veía que aquella casa de dos plantas se venía abajo enterita si seguía convirtiendo su pasión por la vida en newtons por metro cuadrado. Estaba lelo. Pero requetelelo.

—Me da igual quién sea Primi. Me da igual que sea de la policía, de la prensa, del GRAPO o del Calvo Sotelo Fútbol Club de Puertollano, provincia de Ciudad Real.

Lo cierto era que no le daba igual. Porque intimando con ella se estaba exponiendo a peligros patentes, como los que prometen doce alfileres flotando en el agua fresca del botijo. Pero se arrebataba de euforia y le importaba todo una mierda. Como un castigo infligido por otro Francisco muy amigo suyo, esa noche soñó sequedades de boca y terribles denteras, que venían escoltadas por picudos ardores de estómago y flujos biliares de color verde. Toda la laxitud en la que vivía, toda aquella diversión, toda aquel sharalalalá, oh, oh, oh, iban a darle muchos más problemas de los que había imaginado. Y el dinero, sin cobrar. Igualito que si sobrara.

12

El lunes dieciséis de junio Francisco entró al taller a las ocho y veinte de la mañana. Encontró sobre su máquina de coser una nota pegada con tres chicles: «Devuelve las 42.000 ptas. que te "has" llevado». La conjugación del verbo «haber» venía así, entrecomillada, como en esos avisos callejeros escritos por algún vecino en los que unas comillas redundan absurdamente sobre la palabra menos pensada (*No «aparcar» coches ni motos delante de la tienda*, vg.). Pesetas iba rotulado en abreviatura, no se sabe si por convención o porque así el que escribió aquello se ahorraba el papel, la tinta o el tiempo precioso de toda acción clandestina.

A Francisco se le vino el mundo encima. Le estaban acusando de haberse quedado con el dinero que *no había* en el sobre azul de Barajas. Miró a su alrededor, asustado por si asomaba la presencia de alguien en aquella celda de férreas soledades. Luego se sentó, con la nota en la mano, abrumado al entender que le estaban atribuyendo el robo de un dinero que jamás había llegado a ver.

Achacándole el hurto de cuarenta y dos mil pelas que le habían escamoteado, precisamente, a él.

Pasó dos horas riñendo a las paredes y exponiendo a sordos gritos lo grotesco de la acusación. El caos demente que reinaba en la banda ya le había rajado una mano a cuenta de un petardo mal armado. Le desbordaba encontrarse con que ahora además le señalaban como sospechoso principal de una sustracción del mismo monto por el que él había derramado leucocitos y hematíes, como si tuviera para regalar.

A las diez y media llegó Julio. Hoy le tocaba traer camisetas. Pero venía con las manos vacías. Amoscado por todo, Francisco le preguntó de mala manera por los fardos, que sin fardos le iba a tocar usar las etiquetas para fabricar tiritas de marca.

—Ya no hay más camisetas —le respondió Julio.

—¿Qué dices, dónde las tienes?

—Que devuelvas las cuarenta y dos pesetas.

Que un James Bond hispano le diera el toque con tres chicles Dunkin y un arisco aviso sobre papel cuadriculado era una cosa. Que del rechazo amenazante participara hasta este falto, eso era otra. El último mono estaba subido al carro de la errónea acusación, comiéndose los tres ceros del millar al demandarle, y todo daba más miedo. Porque ponía en danza toda esa inseguridad que provoca el individuo que evoluciona en torno a otra lógica.

—¡¿Quién te ha dicho eso?! —preguntó Francisco, pretendiendo homologar conductas con las de Julio.

—Y que me tienes que darme la llave porque al taller no tienes que venirte tú más, nada más de coser ni cantar ya nada.

Lo estaban mandando a lo que entonces se llamaba «paro obrero», con apellido. La miseria que amenazaba hacía nimia toda pobreza anterior. Todo lo cual era hasta frívolo si se ponía en comparación con las presumibles represalias a las que quedaba expuesto desde ese momento, por chorizón. El interlocutor que Francisco tenía enfrente no era para muchos razonamientos. Pero se levantó y se encaró con Julio, aun sabiendo que todo era inútil.

—¡¿Pero tú entiendes lo que te digo?! ¡¿Quién te ha dicho eso?! ¡En la consigna de Barajas no había nada!

—Yo soy del Inter de Milano FIFA. Tiran a canasta y marcan ocho puntos.

Y aquel pobre se puso a hablar como un descosido, después de tantos años, soltando unas absurdeces que quitaban el sentido. Como si le hubieran dicho que, para lo que le quedaba a Francisco, daba igual hablar con él que no hablar. Que podía expresarse con libertad, y contarle al de las etiquetas todas aquellas cosas que le inquietaban o le ilusionaban, sin ambages, en fructífero cultivo de la conversación. Chisporrotearon las incongruencias.

—El balón es más grande que el de hockey sobre hielo, pero es mucho más redondo que las zapatillas de la Confederación Oeste.

Francisco le entregó la llave y le dejó con la palabra en la boca. Salió del taller. Por el secarral iba hablando solo, por hacerse compañía a sí mismo.

—Quedarme yo con los cuarenta y dos talegos de Barajas. Cuarenta y dos verdes de mierda, que no dan ni para que vayamos en taxi a poner bombas —se reía nerviosamente—. Quedármelos yo, que... que, joder, ¡que tengo doscientos tres millones de pelas!

Cuando llegó a la parada del autobús ya sabía que no se metería en casa. Se iría a Cea Bermúdez, a dónde si no, a la deriva, como un paraguas abierto volando por los aires en la noche de tormenta. Hecho un manojo de nervios, Francisco seguía dándole vueltas al limón.

—No sé dónde, pero tengo un par de cientos de millones, veinte mil billetes de diez mil más la pedrea de los tres tacos de cien azules cada uno.

Fuera de eso, y haciéndose la cuenta de cabeza, le quedaban quinientas sesenta y tres pesetas para pasar el resto de la vida. Sólo faltaban cinco días para poder cobrar el premio. A lo lejos creyó ver a Julio, vigilándole en su mudez de deficiente. Lo más seguro es que no fuera una visión.

Era descomunalmente triste, pero si pensaba en las razones por las que el GRAPO comenzaba a desplantarle, cabía concluir con toda legitimidad que todo se debía a los informes que Primi estuviera emitiendo. Hacia la policía, hacia el GRAPO, hacia quien fuera. Si nadie iba al CoyFer a enlazar con él, no sería por desidia. Ya tendría tiempo de comprobar que por eso era, pero a la altura de junio se devanaba los sesos con que si las ausencias respondían a delineada estrategia o a la pura incuria de sus superiores. Que igual sí, porque eran muy zoquetes, muy malos, como él cuando tocaba gimnasia en las escuelas. Pero que sonaba muy raro. Era más que posible que un tercero estuviera dando informes de todas las cosas extrañas que estaba haciendo. Igual era Julio, pero ya ves tú, el pobre lelo, con el que apenas ni trataba. Con Primi, sin embargo, pasaba todo el tiempo. Todo el tiempo que podía. Era desesperanzador, pero si Primi estaba al cabo de la calle y andaba contando las cosas, los acontecimientos conducían a un *game over* de varios millones de luxes cegadores.

Se bajó del autobús en Cristo Rey y se llegó a Cea Bermúdez, 68 (C-6, B-8, dos coordenadas de tiro al buen tuntún en el juego de los barcos). Todo seguía parecido: los escudriñantes de la prensa, los traficantes de dinero, los soldados de los consorcios humanitarios, todos haciendo guardia. Patricio Centina, con sus billetes del Monopoly en esta calle del Monopoly. Butti el de los pleitos, con su abogacía y su saber. El Pinillos de Hacienda, de quien suponía Francisco que actuaba soltando a gritos el remoquete «tributa, hijo de puta», con su mujer haciendo los *chorus*. El de las *performances*, buscando con qué pagar las jaulas metafóricas de su escenografía. Todos por ahí, echándole paciencia, seguros de sus posibilidades, armados de ánimo y confiados a la perseverancia que ya otras veces les hizo triunfar. Por calmar los nervios, Francisco se repetía mentalmente la boba rima de Pinillos, como los insustanciales que caen presos de una machacona locución oída en un anuncio y no pueden dejar de proferirla por todos sitios.

También estaba Primi, charlando con Alberto y Tote, el par de salaos de la Policía Judicial que no engañaban a nadie con sus pintas de normal. Se asustó al verlos. Parecían llevarse tan bien... «Colegas». La lista de cabrones, que esta lista abría. Primi por poco le vio, pero Francisco estuvo al quite y se escondió detrás de un quiosco, donde tomó entre las manos un ejemplar de *Don*

Balón y donde se torturó con el pesar de las traiciones. El quiosquero le asaltó, motivado por la venta de letra impresa.

—¿Quiere algo?

Francisco adivinó mentalmente la siguiente línea de diálogo («que esto no es una biblioteca») y el quiosquero la pronunció fonema por fonema. Él no supo qué hacer. Por salir del paso, y porque tenía el pálpito de que cuando las cosas van mal lo mejor es derrochar sin miramientos, arregló la compra-venta de *El País*. Desembolso tras el cual le quedaban quinientas tres pesetas para pasar el resto de sus días. Que ojalá fueran pocos, porque los resultados que arrojaban los datos eran como para inyectarse un litro de Kas Limón en la aorta y mandarlo todo a tomar por el saco.

Pateó un poco, con el tierno periódico recién nacido entre los brazos, escondiéndose detrás de los coches y evitando fumarse un Rex para que el humo no delatara dónde estaba el fuego. Fue cuando se percató de que en Cea Bermúdez no pintaba nada. Ni ese lunes ni nunca. Porque nadie iba a entregarle los doscientos millones por poner la cara ante ellos.

Se fue a casa. Leyendo el periódico. Mucho tenía que durarle aquel ejemplar. Cuando exprimió cada una de sus columnas, se hizo el crucigrama y jugó a sus juegos (no al de la edad de la muerte, que no resultaba gracioso con la que estaba cayendo). Luego anduvo por casa reparando alguna sujeción, utilizando *El País* como martillo. Un par de páginas le sirvieron para envolver un par de peras medio pochas, que tenía oído que el papel-prensa dotaba a la fruta de nueva lozanía. Luego borró el crucigrama con una goma y se lo hizo otra vez, cronometrándose y obligándose a mejor marca. Cenó una sopa de luz de luna con el periódico como mantel, y como notara que la mesa trastabillaba, la calzó con un taco que se hizo con un trozo del Editorial. Luego repasó los cristales, frotándolos con agua y una muñequilla que se fabricó con el material de esta gaceta heroica que valía para todo. Cualquier cosa con tal de no pensar en nada ni, sobre todo, en nadie.

El día diecisiete de junio, martes, era el primero de su jubilación forzosa. Se despertó muy pronto, se levantó muy tarde. Su idea era comprar mucha leche, un producto barato y alimenticio con el que un ser humano, poco importaba que en edad lactante, podía cubrir todas sus necesidades nutricionales. Se pintó en el sobaco tres manchas negras, los bubones de la peste. Le gustaba hacer estas paridas, como llevar sus marcas de ser infecto ocultas, pero a flor de piel, visibles, pero secretas, todo al tiempo. Sacó a la calle su raspa de periódico, ocho páginas manoseadas, por si tenía que esconder la cara, y enfiló hacia la calle sin dejar que la frustración le atravesara la garganta como la bayoneta de un zuavo.

Se llegó a la panadería de la calle Veza con la idea de comprar cuatro o cinco bolsas de leche de la más asequible. Pero cuando se quiso dar cuenta andaba ya por Estrecho, así iba de volado, inmerso en asuntos propios. En la embocadura de Francos Rodríguez apareció su parroquia, la de San Francisco de Sales, y rezó su cantinela de que si las Ventas, etc. Quiso pasar a ver el cuadro que hay a mano derecha, nada más entrar: el retrato de un niño con el rostro oficial de la bondad gazmoña, y en el que Francisco reconocía su infancia compadecible. Sintió deseos de colocarse bajo la cúpula descomunal, que extrañamente el exterior no denota, para ver si la media sandía gigantesca le centrifugaba los pensamientos o se los centripetaba. Franqueó la verja y avanzó por la vereda ajardinada. Oyó a sus espaldas, entonces, el sonido del disparador de una cámara. Se giró, y vino otra foto.

Era una mujer que, o se quería llevar un recuerdo, o le estaba retratando para nada bueno. Francisco no iba a creerse a la primera de cambio que a alguien le interesara una montaña de ladrillo neomudéjar, porque nada con menos de cien años es materia de *souvenir* para nadie. Para él, todo indicaba que estaba entrando en campo, que le seguían, tirando con haluros de plata hasta que llegara el día de dispararle con balas, y nada de eso convenía. No hubo más reflexión. Olvidando del todo viejas sentencias que quizá valieran para cuando se formularon («huir estándose quieto», todo eso), abandonó San Francisco de Sales a trote nada flemático.

Retomó Bravo Murillo. Por despistar, ingresaba en las vías laterales de la banda de los impares, pellizcando las bocacalles como si el ratón del experimento se encontrara con que las paredes del laberinto eran de pan. Iba muy asustado, con la leche mental por la que bajó cortada de pronto, con capa de moho verde. Había descuidado las espaldas. El juego de «el deporte» tenía cada vez menos de juego. Bajando por Algodonales se topó con el depauperado «homenaje de los vecinos de Chamartín de la Rosa a los héroes de Annual», la placa en piedra más bienintencionada y desasistida que contemplarse pueda. En el barrio, la ocasión de Marruecos debió de suponer un diezmo en regla; pero un diezmo entre solteros, que no tuvieron tiempo de engendrar a nadie que limpiara su recuerdo de vez en cuando. «Las cosas de la calle que dan pena la dan a viva voz, y dan más pena todavía», inventó para aflojar el miedo. «Yo, por ejemplo». Y el miedo crecía.

En estas estaba cuando entrevió el bar Cantabria. Como una *haima* amorosa en el desierto, el Cantabria se ofrecía en el esquinazo de las calles Araucaria y Algodonales. Le salió al paso como llamándole a susurros. Si la mujer de la cámara no le veía entrar, el bar era un escondite perfecto. Se aseguró bajo el dintel de la puerta de que así era. Y se metió dentro como quien apetece en el parchís la casilla de seguro, esa blanca con un círculo negro en medio.

Llegó de espía en persecución, pero en el Cantabria Francisco se sintió bien desde el principio. No había nadie, echó el ojo a su mesita ventanera, que deseó ocupar, y se acercó a la barra. Como el camarero sabía lo que era un trifásico, no le puso refrescos ni gaitas. Era hombre de pueblo (toledano, *bolo*). A Francisco le obsequió con un platito de patatas fritas. Se sentó junto a la ventana con su copa balón y desplegó su periódico añejo. Mirando la calle, porque el periódico se lo sabía de memoria, oyó cómo la luz silenciosa hacía sonar la música mansa del polvo en suspensión. Fue su último momento de paz en mucho, mucho tiempo. La mesa de la cristalera era como para quedarse a vivir en su seno. Le hizo gracia pensar que toda la teórica sobre confluencias de energías y sobre ambientes positivos de las orientaladas operaba desde siempre y con toda naturalidad en ciertos bares españoles, sin tanta alharaca y con mucha más práctica que divagación («a ver qué paz es la de Manchuria, todo el día a la greña»). Absorto en la tranquilidad *beige* de la tarde, Francisco se preguntaba si ese bienestar campaba por sí solo o no era más que el espejismo que destilaba la nostalgia de no poder disfrutar de la calma.

Madrid no era ciudad para lo que estaba pasando. Aquí no pegaba nada que nadie estuviera danzando en torno a todo este mejunje grotesco de espionajes de pacotilla. En Madrid todo lo apolíneo se ajaba en banalidades: la ópera se había diluido en zarzuela, el clavecín en organillo, la repostería en churros. En Madrid, la tradición detectivesca se había cuarteado hasta devenir en él, Francisco García, el piernas de la cazadora de plástico negro, un Harry el Sucio de achicoria que había acabado frente al honesto aluminio de una ventana traslúcida de polvo, abstraído en el planeta del Cantabria y su camarero afable. A la altura de estas reflexiones, acunado por el silencio soleado del bar, ya no se acordaba del episodio de sus retratos. Si la mujer de las fotos volvió a registrar su aspecto con su cámara, Francisco no se dio cuenta.

Permaneció durante dos horas sobre la formica de la mesa, doscientas setenta pesetas de trifásicos y Rex que hicieron en sus cuentas el efecto de dos horas de recibir mandobles. Mereció la pena, porque fueron dos horas de quietud impagable. A las cinco y media de la tarde se levantó y se fue a cerrar cuentas con el noble de la barra.

—Qué le debo.

—Doscientas setenta, y volver.

«Y volver». El camarero de pueblo era de la cuerda de Fermín y Concha. De los de arrancarse con alguna chuminada de bar, de las de hablar por hablar, con la intención amable del trato humano, sin más. Francisco hizo entonces lo que nunca había hecho, tras años de desearlo en el CoyFer y en sus bares precedentes: pegar la hebra por el simple placer de andar un rato de guasa. Dar palique a un desconocido sólo por soltar una mamarrachadita amistosa, que no vale para nada pero que está bien decir, porque provoca la ilusión de que las cosas marchan como deben: apacibles, calentitas, amandas, al paso bueno. Su panchorchada de respuesta, bien manida, como se exigió a sí mismo, fue esta:

—¿Doscientas setenta? ¿Pero yo qué he roto? Je.

El camarero se partía de risa, agradeció a Dios que le hubiera reservado un oficio tan bonito y, rematando el festival de chorrainadas, soltó la muy catalogada de «¡si no fuera por estos ratos!», radiante de camaradería inter-barra. Francisco, por dentro, exultaba. Parecía un tío normal, «un jubilado ocioso y satisfecho que tomaba un trago...», etc.

Hasta ahí llegó el exiguo momento de recoleta felicidad paisana. Cómo contrastaba todo en el Cantabria con lo que estaba pasando fuera. Faltaban aún varios peldaños de contratiempos, empero.

El siguiente sobrevino allí mismo. Mientras rebuscaba en el bolsillo de las monedas, Francisco encontró el *Actual Noticias* sobre la barra. Primero por curiosidad de amante, pero luego por hacer pesquisa, lo abrió por la página tres. Se fue a créditos y buscó un nombre con el dedo índice. Había entre las redactoras una Laura, una Esther, una Azucena... Pero nadie se llamaba Primitiva, ni nada que se le pareciera. Lo de que trabajaba allí era mentira, según deducción simple. Y alzaba el vuelo con garbo la certeza de que ella, si andaba a trolas, era por algo para lo que Francisco ya podía ir preparándose. No pudo evitar que sus pensamientos se amotinaran.

—¿Pero esta tía quién es? ¿Ya me la han vuelto a jugar? ¿Paso la vida fijándome en todo y no he aprendido nada...?

Francisco pagó y salió del bar con su exhausto periódico. Dio de nuevo en Bravo Murillo. Las tiendas habían vuelto a abrir tras la hora de comer. Así que se compró las dos bolsas de leche con las que iba a amamantar su miseria. Que, tras abonar en la panadería, ya era noventa pesetas más ancha. Sofocos de dinero que quedaron reducidos a minucias cuando, al salir del establecimiento, se cruzó de nuevo con la mujer de la cámara, que no cejaba en su empeño de resurgir. Francisco apretó el paso sin atreverse a mirar hacia atrás. La Positiva le pareció que era ella, cuando leyó el letrero de la tienda de ropita para niño. La positivadora de los negativos de su rostro: para llevárselos a la policía, al GRAPO, a quien fuera que le quería mal.

Necesitaba huir con ventaja. Se le ocurrió tomar el autobús, porque todavía le quedaban cuatro viajes en el bono de diez. Muy asustado, Francisco llegó a la marquesina con el título de transporte válido ya en la mano. Pero ningún bus aparecía a la vista. Miró para todos los lados y atribuyó a su miedo cegador el hecho de no ver a la mujer. Porque seguro que estaba por allí, con su fisgoneo en el obturador y su terquedad en el diafragma. Para convocar al autobús, Francisco recurrió a su truco chusco. Que no ofrecía garantía ninguna, pero que creaba el espejismo de que trabajaba por salir de allí: encendió un Rex. Nada más prenderlo por ahí emergió, cómo no, el vehículo.

Lo llamó como si fuera un taxi. Al subir se trabó con la taladradora de bonobuses y se le volvió a rasgar la cazadora. La hendidura cayó por el lugar del remiendo, por donde la arregló ilusionado el día que se adecentó porque había quedado con ella. Picó el bonobús, segunda dentellada en sus pertenencias en el plazo de dos segundos, y avanzó por el pasillo mientras elegía el asiento más apto para el control.

Se sentó en plaza de ventana. Miró a través del cristal y no vio nada raro. Se retrepó en el asiento de madera y procuró recapitular. No sabía ni en qué línea viajaba. Daba lo mismo. Que le llevaran a donde fuera. Ya bajaría al final del trayecto, presto a larga caminata de regreso a casa, procurando no apretar el paso para no esquilmar energías y azuzar así el hambre. Las bolsas de leche estaban a buen recaudo, y algún parque lejano sería lugar adecuado para beberse una.

El autobús hizo su primera parada. Se abrieron las puertas. Subió una anciana con dos niños, que se empeñaba en que sus nietos no pagaban billete: porque no tenían la edad, porque ocupaban poco y porque ella disfrutaba de dispensa por ser viuda de un conductor de tranvías. A un señor que viajaba en la parte trasera le entró la risa con el tema de los tranvías, y le quería ceder su asiento a la señora «porque estará mayor. Más vieja que el invento de la puerta». Chanzas que hacía en voz alta, a todo lo largo del autobús, y que la anciana contestó con mayor volumen y mayor aparato. A Francisco todas estas cosas le admiraban. Gente que, al contrario que él, llamaba la atención sin empacho, como si su DNI les blindara contra los peligros y les permitiera organizar conatos de jaleo sin temor a represalias. Quiso ver la cara del que hacía los chistes, y giró la cabeza. Lo que vio dos filas atrás fue a la mujer de las fotos.

Alarmado, y haciendo como que recordaba de pronto que ya había llegado a donde iba, Francisco se levantó, pulsó el botón de solicitud de parada, sudó, agradeció mil veces que el conductor oyera el timbre, con la que tenía encima con la viuda del tranviario, y salió del vehículo, mirando a su izquierda en el intento fútil de que la mujer no le viera la cara cuando tomó la perpendicular de salida. Bajó apresurado y, ya en tierra, vio cómo el autobús se alejaba, con la mujer dentro. Echó a trotar Bravo Murillo arriba, y las bolsas de leche pendulaban como dos ubres rebosantes.

Nunca supo si aquella mujer le perseguía o no. Daba igual. Alguien estaría haciéndolo, por qué darse a la candidez de pensar que no. «Qué días más malos me esperan», se dijo; y ahí, al oírse, ya sí que se echó a llorar. Lo malo de romper a ello no era el sufrimiento, sino los quintales de vergüenza de que le vieran así por la calle, licuando los desastres que le astillaban por dentro para desaguarlos careto abajo. Sintió que era muy urgente hacer como que el lagrimeo no era por dolor, sino por efecto de algún accidente nimio (la secuela de un bostezo, la reacción a una inmundicia alojada en un ojo, la consecuencia de tanta polución). Era de importancia primordial dejar claro ante el viandante que el lloro no era porque nadie le quería, ni porque estaba penando por los pecados que no había cometido. Pero no engañaba a nadie, porque aquellas acequias revelaban las verdades a voces, y se iba tapando la cara y sus humedades con su brizna de prensa. Pensaba que este sería el último servicio que iba a dispensarle aquel manojito de papel.

Para no seguir enseñándose en luces de llorica, se fue a casa, con su máscara de celulosa. Sólo le quedaba encerrarse en Santa Valentina y permanecer allí, ajeno a todo, escondido como el mejillón bivalvo del «dos» de sus apuestas, sin tener que mostrarse ante nadie. Sólo restaba enclaustrarse en su piso desabrido. Con llave. No tenía que hacer ni la compra. No tenía con qué hacerla. Agotado por la llantina subió a su primero. Nuevas gracietas: su llave no entraba en la cerradura. Que no recordaba tan lustrosita, desde luego. La intentó introducir en el bombín con toda la maña, pero no entraba. Cosa normal, porque, como comprobó con horror, se la habían cambiado. El GRAPO lo tenía enfilado como a una perdiz.

Francisco dobló *El País* con tres plegados, se lo guardó en el bolsillo interior de la chupa negra y meneó el pomo con fuerza, tratando de abrir. Baqueteó la puerta, se alarmó sobremanera. Dentro de casa, fuera de su alcance, yacía en el fondo de una caja su vagón-correo hasta arriba de dólares, el que llevaría la nómina de los mineros en una película del oeste. En aquel momento, «perder el tren» no era una figura literaria. Puñetazos, patadas. La puerta, pasando de todo.

Recordó la entrada secundaria del cuarto de baño, que daba al tendedero de la trasera. Si conseguía entrar en la casa del segundo piso, quizá no se matara al descolgarse por la barandilla de la galería. Quizá llegaría a la suya sin demasiadas fracturas, y luego ya vería. Subió a la segunda planta. La puerta del 2º derecha, en este inmueble vacío como una calavera, sólo estaba asegurada con una cuerda de varios nudos. Luchó contra ellos durante veinte minutos y al fin pudo desliarlos con la ayuda de sus llaves, usándolas a modo de sierra. Se le hizo graciosito pensar que, si al fin accedía a su casa, iba a ser manejando sus llaves de siempre. Con las manos hinchadas por la tarea, penetró en el piso deshabitado. La carrera fue tan rápida que sólo tuvo tiempo para retener el olor a caca de paloma. Llegó veloz al cuarto de baño y salió a la galería. Tocaba montañismo.

La operación era como para asustarse hasta encanecer, pero la expectativa de abandonar el vagoncito más valioso que jamás tendría le dotó de tanto empuje que sólo se acordó de lo de las canas cuando tras salto mortal se vio en su propio tendedero, respirando hondo, como para ventilar el miedo. Ante él, la puerta de su baño, trasera de su casa. Su picaporte estaba deshecho, por lo que la mantenía cerrada con un pasador interior. Mucho más sólido de lo que siempre pensó, porque los embates contra la puerta le dejaron el hombro tan dañado como el mismo picaporte. De nada sirvieron las acometidas, no obstante, porque el cerrojo no cedía.

A la derecha de la puerta inamovible había una ventanita de cristal esmerilado, del tamaño de un doble folio. Él no cabía por el vano, pero rompió el vidrio con uno de sus tiestos podridos para establecer al menos una cabeza de puente visual. Siempre le dio pánico que se quebrara alguno de los cristales de su casa, porque aquello habría significado inviernos aún más rigurosos. Este saltó al primer golpe, y Francisco miró al interior de su guarida a través de su pieza menos noble. Hizo el intento de alcanzar el cerrojo metiendo el brazo, pero la distancia entre la puerta y el ventanuco no daba pie para alegrías. Buscó un palo por los suelos, pero es que si en su casa no había apenas nada, en su tendedero el vacío era total. No tenía ni cuerdas para tender la colada. En su examen halló un tapón de plástico, una botella vacía de Blizz Cola y los tres tiestos que no habían sufrido sacrificio a la hora de hacer añicos el esmerilado de la ventanita. Intentó de nuevo la penetración, pero sólo conseguía meter la cabeza y un brazo. Con ello, el inmueble entero le quedaba transformado en cinta honorífica, impuesta en bandolera al desgraciado de más mérito.

Cuando se quitó la cazadora para ver de estrechar el volumen de su complexión, se encontró con su periódico decrépito, temblando en el bolsillo interior. *El País* parecía llamarle con las fuerzas famélicas que le restaban. Francisco reparó en él. Lo sacó de su funda de *termoforro*, fabricó con él una endeble estaca y la metió por la ventanita estirando el brazo todo lo que pudo. Con la prolongación sí llegaba al pasador, y manipuló la herramienta concentrado en su necesidad de abrir. Al sexto intento, el cerrojo corrió al fin.

Amedrentado por la posibilidad de que alguien estuviera esperándole en casa para abanicarle, cruzó las estancias con la velocidad de un galgo. Todo estaba como lo dejó. Le habría parecido muy barato y muy sandunguero encontrársela revuelta, al estilo de la narrativa policíaca, como si los acontecimientos quisieran decir que sí, que todo estaba ocurriendo en el país de Harry el Sucio, donde el canto, el clave y la pastelería recobraban su altura espiritual y mandaban de vuelta al fango a El Barberillo de Lavapiés, a la pianola, a la fritanga. No fue el caso. Todo estaba en orden, sin efectos de película. Todo estaba en su sitio, igual que si le hubieran lanzado de la casa por impago reiterado o por fin de contrato. Todo sucedía con el mismo prosaísmo con el que le despidieron del trabajo: con el de un casero galdosiano y el de un jefe de personal descontento, respectivamente.

Agarró el vagón-correo, e iba por el vertiginoso camino de vuelta asegurándose de que el boleto seguía allí. Mitad por pasión, mitad porque confió en que estos holgazanes no habrían dejado centinela, volvió sobre sus pasos para recoger la Zückerssusi. Dio otra muestra de inseguridad cuando, a tres zancadas de la locomotora, le invadió de nuevo el sentido alquitranoso de la prudencia mal entendida y reculó sin la máquina. Ganó la puerta de la casa, la de la cerrajería nueva. No habían echado la llave, así que la abrió de golpe y la volvió a cerrar. Con él ya fuera, eso sí. Bajó los tramos de escalera admirándose de su coordinación coco-pie, porque no se rompió nada en el vuelo que lo devolvió a la calle. Sólo allí, y en la maniobra de meterse el trenecito en el bolsillo de la cazadora, perdió definitivamente su heroico periódico. Que quedó exangüe sobre la tierra de la Ventilla, tras haberse entregado de manera tan encomiable y tras haber dado todo de sí.

Huyó hacia Plaza de Castilla. Comenzaba a anochecer. En algún sitio se había dejado la leche, porque caminaba con las manos en los bolsillos. Iba espantado en sus cavilaciones. Tras el gesto del sellado de su casuca, la animadversión contra él ya era evidente. El haz de circunstancias en combinatoria se expandía en abanico: podía ser la proscripción del GRAPO o la legalidad policial quien lo tuviera en su punto de mira.

Respecto a los primeros, podía estar pasando que en su mente calenturienta no le perdonaran lo de haberse quedado con las cuarenta y dos mil pesetas, ellos sabrían por qué le echaban las culpas. O que no le hubieran encontrado el día que mandaran al CoyFer a un novicio, a que velase sus primeras armas contactando con él. Los segundos quizá estarían poniéndole cepos porque a la larga les resultara más útil su desquiciamiento escalonado que su simple captura. Cabía sospechar que cualquiera de las dos esferas supiera de su boleto, y que anduvieran a su caza con codicia.

No se le iba de la cabeza que nada podía sustraerse al concurso de Primi, tanto parloteo y tanto abrirse. Si era mierda la vida que llevaba, si era orinal de vida y pota de cordero de nochevieja la vida de birria que llevaba, que la única persona en la que podía confiar era una mujer de la que no sabía si era su novia o su enemiga disfrazada. Gastó ciento treinta y cinco pesetas de las ciento cuarenta y tres que le quedaban en dos barras de pan y unos chicles de clorofila. Comió el alimento por separado, pero no se le iba de la mente que para su sustento había tomado bocadillo de chicles, qué dislate.

Se hizo de noche. Francisco no tenía dónde dormir, porque acomodarse en el banzo de un portal o en lo horizontal de un banco le exponía sin remedio a la identificación policial. Así que se fue al segundo piso de su antigua casa, el de la puerta abierta. Ahora era territorio enemigo. Pero como no tenía más opción, se acabó convenciendo de que nadie se quedaría a hacer guardia nocturna.

Al llegar al rellano se reencontró con sus dos bolsas de leche, sobre el suelo, como si un sonriente lechero de chaquetilla blanca las hubiera dejado para que Francisco se las tomara cuando regresara al acogedor hogar. Al hogar que estaba allanando. Recogió las bolsas y entró como pisando huevos. Recompuso un atadijo con la cuerda aserrada para ocultar la violación.

Pasó acoquinado las primeras horas de la noche, tomando a sorbitos lo de la vaca, pendiente de todo sonido extraño al que no localizara causa. A casi ninguno pudo atribuírsela pero, tras tres horas de desvelo, empezó la oscuridad a revestirle de confianza. A medida que transcurría el tiempo, por inquietud y por insomnio, fue considerando la idea de caminar por el piso abandonado.

Se levantó y anduvo vagando por aquella vivienda ortogonalmente exacta a la suya. Los vestigios de una vida familiar le salían al paso: una percha de alambre reconvertida en desatascador, un vaso lleno de llaves oxidadas y veinticuatro soldaditos de plástico Montaplex de color azul (alemanes) y amarillo (japoneses), que a saber qué fidelidad histórica tendrían las batallas cuando su dueñecito los confrontara.

Encontró en la cocina una lista de la compra escrita en el reverso de un ticket de caja del ultramarinos, que era forma segura de ahorrar en el avituallamiento. Para quien vivió arriba, cada compra en el colmado tenía como premio los materiales para la planificación de una

nueva visita (boli no incluido), en un proceso de retro-
alimentación que denotaba que los vecinos con los que
nunca coincidió también valoraban el bendito cuidado
de las cosas y su santo aprovechamiento. Halló también
dos tenedores y tres vasos, todos de plástico veraniego, de
colores muy vivos y con unas sombrillas pintadas, como
si de tanto ahorro con los artículos de escritorio se hubieran derivado unas vacaciones de medio sábado y un
domingo en un pantano.

Luego se volvió a tumbar sobre las losetas. Durmió
a ráfagas, sin poder discernir lo que era sueño y lo que
era pánico. De forma que nunca pudo asegurar si quien
tuvo la idea fue él o un trozo de carne que roncaba inconsciente.

Decidió lo que iba a hacer. Concibió una mecánica
que tenía como fin que él y quienes le rodeaban no acabaran con los dientes demasiado partidos. Su plan presentaba una inmensa pega, sólida y puntiaguda como un
menhir de los de Obelix sobre el dedo del uñero: obligaba a tener que fiarse de alguien, por una vez en su vida,
por primera vez en sus días. Y con una confianza ancha
y larga: confianza a las bravas en talla 54 (como las camisetas para cíclopes), confianza sin remilgos y en formato
sábana (como los periódicos en la China lejana). Impli-
caba confiar en dos personas: una, la chica de Guinea.
Que sobrevivía a base de hacer de tripas corazón y de
corazón tripas, porque hacía falta mucho estómago para
aguantar todo lo que ella soportaba. Otra, el que repa-
raba arte sacro en recintos consagrados. El único amigo
que tuvo jamás hasta que apareció la mencionada.

13

Cuando despuntó el día de denominación miércoles dieciocho de junio, aniversario de la batalla de Waterloo, Francisco se levantó tiritando. Con la incomodidad de cuando dormía vestido ya descrita, buscó un hilo de agua en el baño para lavarse las orejas. Salió con el sigilo del francotirador hecho a cubrir esquinas y se halló en la calle. Con las últimas ocho pesetas que le quedaban compró cuatro caramelos de eucaliptus Pictolín. Tomados de mañana, le hicieron el efecto de una limpieza dental en regla. Y el dinero se le acabó del todo.

Esperó hasta la tarde, porque su plan precisaba anular esa mañana, y luego se fue a Cea Bermúdez. Allí estaba Primi, atenta al panorama, a ver qué rebañaba. Francisco se fue a ella. Con toda la duda, con todo el mosqueo, con toda la zozobra, pero Francisco se fue a ella. Con la sequedad de quien recela. Sudando tinta por convencerse de lo de que «alguna vez tenía que empezar a confiar en alguien». Aunque fuera de un posible enemigo.

Primi se alegró de la visita, bendijo la costumbre del recreo para pupilos y docentes y besó a su novio. Él cruzó dos palabras («Hola» y «tal», apócope devastador de «¡Hola! ¿Qué tal estás, cariño mío?»).

—Primi, hazme un favor.

—Favor es lo que me haces tú a mí por venir a verme.

«Vete a tirar lindezas al vertedero de Valdemingómez»; «con lo bien que estábamos juntos»; «y pensar que esta lo mismo me está buscando las vueltas»; «a muchas millas del segundo clasificado, el gesto más hermoso que ha tenido nadie conmigo es regalarme un tren con sólo mencionar que me gustaba. No sé cuál es el segundo clasificado». Los afectos de Francisco no cesaban de agredirse entre ellos en la plaza de su ánimo.

—Mira —le explicó Francisco en voz alta, intentando resultar cotidiano—. Tengo hasta el viernes para pagar el recibo de la luz. Y mañana me voy de excursión con el instituto.

«La mentira es mala», pensaba Francisco para sí. Y espantaba la declaración pensando en trenes en tránsito, ahuyentándola como a una polilla empeñada en proyectar su sombra molesta sobre la pantalla de la tele.

—¡Qué suerte! ¿A dónde os vais?

—A Toledo. A ver el Alcázar por la mañana y el mercado medieval y los mazapanes —vaya disparate, ir a ver mazapanes— por la tarde.

—¡Qué envidia!

—Igual nos quedamos el viernes, porque hay un museo que hablaban de ir a ver, sobre espadas... —a Francisco le pareció que había preparado pocas mentiras como para resultar convincente, y aliñó más—. Una exposición sobre escudos, mazas y trastos de dar en la cabeza a la gente.

—Que te pague la luz el viernes si no has vuelto, ¿no?

—Igual se suspende, ¿eh? No es seguro. Si no vamos, ya voy yo a pagarlo. Pero si no se suspende, pues...

—Por qué se iba a suspender.

—Porque sí.

—Bueno. Pues yo voy. ¿Tienes el recibo?

—Sí.

Francisco sacó del pantalón un papel doblado, con bordes amarillos por su cara oculta. Parecía un recibo de verdad. Se lo entregó a Primi.

—Se paga en cualquier Banco Urquijo —al inadaptado bancario le sonaba ese rótulo.

—Muy bien.

Primi fue a guardarse el papel en el bolsillo de la camisa. Pero Francisco se lo traía todo pensado, y se lo quitó antes de que el falso recibo tocara la ropa de Primi, que olía tan bien a suavizante del bueno.

—No... —dijo Francisco—. Si lo guardas ahí igual se te va a olvidar. Mejor, mira.

Francisco sacó el vagón-correo del bolsillo de su cazadora. A ella le entró la risa.

—¿Vas con el tren por la calle?

—Para mí es un talismán.

—¡Como los niños, que se llevan los juguetes al colegio!

Francisco metió el supuesto recibo en el vagón y cerró sus compuertas. Se lo entregó a Primi.

—Aquí, guardadito. Y así te acuerdas de mí.

Le entregaba su vagón-correo en nombre de los días más bonitos de su vida. Luego llegó el momento de riesgo. Francisco se arrancó:

—Toma, el dinero del recibo.

Se echó la mano al bolsillo y rascó, con la necesaria lentitud remolona que impidiera completar la acción. Porque en su bolsillo no había nada, pero nada de nada: como en los hemisferios de Magdeburgo, que dos caballos no pudieron separar de puro vacío que había dentro. Pero Primi seguía respondiendo a favor de obra, incluso cuando se la estaban jugando y cuando permanecía ajena a lo que se cocía.

—Déjalo, ya me lo pagas a la vuelta —propuso—. O si no, tráeme algo de Toledo.

—Ay, cómo eres, desde luego, vaya —a ver si dejando caer expresiones hueras se evaporaban las vergüenzas.

Por muchas bolas que Primi le estuviera metiendo (que escribiera en esa revista languideciente, que no fuera de la policía, que no fuera del GRAPO, que fuera o que no fuera lo que fuera), él ganaba a trolas en todas las tablas. Sin dejar de pronunciar locuciones inanes, Francisco miró hacia la Delegación y fingió sorpresa. Precisaba quedarse solo con el bolso de Primi. Tenía trazado un plan según el cual él fingiría ver a Patricio Centina agarrando de las solapas a uno de la Judicial, poco menos que jurando a mamporros que lo del cubo de Rubik no se lo iba a chafar nadie. Pero le pareció una fantasmada. Así que se concentró en idear algo plausible. No hizo falta. Primi, sencillamente, se fue a mear. «Cuídame el bolso», le dijo mientras cogía servilletas.

Francisco se quedó solo. Tras un ratito de segundo y medio, tomó el bolso de Primi. Metió la mano, con más remilgos que si ella estuviera delante, y le sacó la billetera. La abrió y le robó dos mil pesetas, un billete rojo como un pimiento morrón. Guardó luego la cartera, cerró la cremallera y dejó todo como estaba, aspirando el aroma a bloc de notas, a chicles nuevos y a mujer querida que salía de aquel bolso. Se tenía que ir a Hitler y así para encontrar un comportamiento más execrable. Nerón y esos tampoco eran mancos, pero parecía que el tiempo los había convertido en figurones más para embrochetar caricaturas que para ejemplificar nada.

A los tres minutos volvió Primi. Radiantemente risueña, porque cada vez que utilizaba el baño de un bar se acordaba del día de Barajas, «que hay que ser menguán para cortarse con tu propia navaja». Hablaron un poco de sus cosas, hubo caricias. «A ver si mañana nos vemos y te coso eso. ¿Tienes hilo negro en casa?». Pero Francisco no estaba a la charla, porque fotografiaba a su novia cada veinticuatroavo de segundo, positivando a toda prisa aquellos metros que quizá eran todo lo que le quedaría de ella a partir de mañana. Pagó Francisco. Que tuvo que extender el billete carmesí deslizando la mano remunerante por la barra y por la vitrina para que no se le notaran los temblores. Luego se despidieron.

Cuando llegó a su casa, Primi cometió dos errores. El primero, no rociarse con su colonia para borrar el rastro oloroso a Nenito que iba echando, contagiada por Francisco. El segundo, dejar el vagón en el vestíbulo, para que no pudiera dejar de verlo al salir de casa y no olvidarse de pagar el recibo de Francisco el viernes veinte. Lo puso sobre el taquillón del teléfono, mueble absurdo en el que se abandonaban las llaves huérfanas, los botones descosidos y las Páginas Amarillas emblanquecidas. Ninguno de los errores importó nada. Toda la vivienda olía a matacucarachas, porque habían empezado a asomar las primeras del año. Y cuando Blas inquirió sobre el juguete, Primi declaró con todo el desparpajo que la RENFE estaba regalando vagoncitos a los medios a modo de promoción. Si le hubiera importado que Blas se enterara de que se estaba viendo con un profesor de Historia, la mentira le habría quedado inverosímil como una luna cuadrada. No fue el caso.

Ya muy tarde, Francisco se fue a pie a la Estación de Autobuses de Palos de la Frontera. Se iba a buscar a José Ramón Pérez Marina, al que esperaba encontrar mañana. No le preocupaba convencerle de su inocencia en el asunto del sobre azul, porque siempre se habían hablado claro y la fe en su mutua honestidad personal estuvo siempre bien amarrada entre ellos. Lo peliagudo era decirle que se salía del GRAPO. Que todos se portaban con él como si fuera el niño de las bofetadas y que para sentirse un mindundi ya se sobraba él solo. Pensaba así poner las cosas claras. Tan claras que era posible que encontrara la muerte en su viaje.

Podían derivarse dos efectos de su demanda. («Todo es fácil si se calcula en torno a la disyuntiva de dos elementos. Las reflexiones salen bien cuando todas las vías posibles son dos, o menos», se decía, científico). Las dos cosas que podían pasar eran que José Ramón aceptara su salida, o que no la aceptara («Aquí no hay dónde perderse»). Lo deseable era que dijera que adelante, y que te vaya bien. Francisco volvería el mismo diecinueve por la noche. Llamaría a Primi, le contaría quién era en realidad y le volvería a rogar que le pagara mañana la factura de la luz. Una vez ahí, Primi podía hacer dos parejas de cosas («Sólo dos. Esto va bien»): dejarle o no; quedarse el dinero o no. Si imaginaba las opciones en un diagrama (quedarse e irse —arriba—, compartir o irse con la manteca —abajo—), y luego si trazaba flechas de relación, salía dibujada una pajarita imbécil. Cómo le aflojaban los lacrimales las derivadas de la opción «irse».

Si José Ramón no aceptaba el abandono, ya no merecería la pena seguir pergeñando estratagemas. Ya vería cómo se las arreglaba, pero al menos Primi encontraría el boleto cuando fuera a pagar la luz. Acudiría a la Delegación de Cea Bermúdez, ya sola, sin él, y Dios sabe si volverían a verse. Lo más seguro era que Dios ya supiera que no. Pero Primi se quedaría con todo aquello y seguro que las cosas le pintaban mejor a partir de entonces: con un poco de dinero para sus asuntos, para poner los suelos de la casa de Guillermo Pingarrón paralelos a la tierra de la calle mencionada. Para que si un día tenía mucho sueño y no quería pasarse por *Actual Noticias* se quedara en la cama sin más. Para que se comprara un abrigo que no le viniera pequeño, como aquel del regalo del marido.

Francisco adquirió un billete de autocar que pagó con las pesetas robadas. Viajando de noche solventaba el problema de la pernoctación. Sentado en su plaza, se durmió del todo leyendo la palabra «Irízar», grabada en la funda de escay del asiento de delante. Irízar debía de ser el fabricante de complementos para vehículos públicos más considerado y bondadoso del mundo, a juzgar por lo mullido y acogedor que le resultó el sillón.

El jueves, diecinueve de junio, Primi hizo un último intento para culminar con éxito su safari de tres meses en Cea Bermúdez. Para la pléyade de buceadores habían sido noventa días de agotadora vigilancia. Pero fuera de ella, que ahora estaba en otra, nadie había cejado en el empeño. Los merodeadores continuaban al acecho sin deserción alguna como si la vida les fuera en ello (normal: les iba en ello). A las once y media, a sabiendas de que lo de «mañana será otro día» ya no valdría mañana, se fue a *Actual Noticias*, pugnando consigo misma por convencerse de que un fracaso laboral sólo debe amargar a quienes son víctimas de su trabajo. Estaba aburrida de olisquear, con la de cosas bonitas que le estaban pasando. Pero a ráfagas seguía pensando en la Lotería Primitiva. Qué cara tendría la agraciada. Cómo se estaría riendo de todos. Cómo se reirían todos si el lunes aparecía una desgarramantas exigiendo a voces sus millones, que es que se le había olvidado que jugó en marzo.

Se hizo un silencio cuando llegó a la redacción. Se lo explicó cuando al segundo emergió Toharia de las simas de su despacho prohibido, y se llegó a ella, de malos humos, sin importarle que se enterara quien fuera.

—¡Guapa, que mañana es veinte!

—De junio. Qué pasa.

—¡Que no tienes al de la lotería!

Como llevaba semanas exigiendo resultados y notando que el tiempo transcurría sin que las noticias sobre el nuevo millonario afluyeran, pues Toharia ya inauguró entre caliente y quemado la conferencia con Primi. Los glosadores de sus desastres y de su enervante verbo se quedaron con el dato de que, durante sus enfados justificados, Toharia tendía a hablar normal.

—Nadie lo tiene —contestó Primi—. O no quiere el dinero, o se ha muerto, o ha reciclado el boleto en el trapero. ¡Pero nadie lo tiene!

—¡Ni tú tampoco, que es lo que importa aquí!

—No, ni yo tampoco...

La réplica de su subordinada le acabó de freír, y refrescó su lengua con el dedo húmedo que ya traía preparado en forma de castigo.

—¡Pues de premio te vas a ir mañana a Badajoz al Congreso de La Comunidad, ya verás qué ameno! ¡Me traes ocho páginas!

Hacía dos semanas que la amenaza del Congreso de La Comunidad en Badajoz sobrevolaba la cabeza de Primi. La Comunidad era un extraño colectivo con vocación de masas que abogaba por el entendimiento humano, y que tenía apostados a voluntarios del proselitismo por esquinas estratégicas de media España. Su identidad era naranja, con un triángulo encerrado en un círculo, y su fórmula de asalto a transeúntes era la resbaladiza pregunta «¿Estás a favor de la paz?». Cubrir el acto era una tarea engorrosa, con los afiliados forzando a la adscripción por cualquier rincón. Primi se reconcomía, porque sí era verdad que había hecho dejación de sus obligaciones. Se había comprometido a buscar al individuo, fuera del sexo que fuera, en el que estaban cifradas las esperanzas de meses y meses de trabajo seguro. Se había dedicado a callejear, en cambio, con un profesor de instituto. Adorable para ella, imprescindible durante meses de amor, pero que estaba dejando su prestigio profesional en el estado del andrajo. Mañana vencía el plazo para el cobro del premio y a Primi le dolió su displicencia, que la había alejado, ya definitivamente, de hallar al afortunado. Se había dado al asueto durante el tiempo que tenía que haber invertido en poner trampas al mirlo para cazarlo, y había andado de fiesta en perjuicio del trabajo, que era lo único que tenía.

Entonces cobró conciencia de que ya no sólo tenía eso, porque ahora le iba bien esperando al teléfono durante las horas verde lima, y mejor cuando lo levantaba. Así que se puso burra con Toharia.

—¡Me parece muy bien!

Fueron las seis primeras sílabas (siete, a efectos de métrica) que, pronunciadas a gritos, no provinieron de la nuez de Toharia, en el recinto de esta oficina y en todo el lapso de su vida editorial. Él contraatacó con más estruendo.

—¡A las ocho de la mañana te sale el tren, a ver qué bien te parece!

Toharia se metió en su despacho, abrumado por sus pesares y hecho una furia, intentando recordar en qué tarjetero había archivado los datos de algún experto en laboral que legitimara el despido de esta grulla con el menor coste. Toda la oficina quedó en silencio por la tensión. Ella, que nunca dijo una palabra más alta que otra, estaba avergonzada por el arrebato en público. Sabía además que del sucedido no se derivarían los agradecimientos del plante vicario, el que todos querían contra Toharia, sino ese ostracismo de «esta qué rara es. Todo el día sin decir ni ton y un día va y estalla. Típico del que está hasta las clavículas de sus compañeros de trabajo. Para esta oscura, aquí somos todos unos julandras». Había que comprender el vacío que hicieron a

Primi, y luego perdonárselo: el análisis que estaban haciendo era impecable.

Pero Juan Ra se acercó a ella. Por romper la tela de araña de tanto silencio adrenalínico, Primi soltó cualquier cosa.

—A las ocho de la mañana. Qué pronto... Yo, que nunca oigo el despertador.

—¿Es mucha putada, lo de irte a eso? —Juan Ra se rio para suavizar. No le salió creíble.

—Qué va. Yo, encantada de irme a donde sea y salir de aquí. Lo único, que había quedado en pagarle el recibo de la luz a una amiga.

—Si quieres me arrimo yo un momento y te lo pago.

—Déjalo, de verdad. Tú no puedes salir de la oficina y no es tan grave. Ya voy cuando vuelva de Badajoz.

El Congreso de La Comunidad duraría todo el fin de semana. Primi volvería de viaje el veintidós, domingo, e iría a pagar la factura el veintitrés, lunes. Pensó llamar a Francisco para decírselo, pero al ir a marcar volvió a recordar que el de Francisco era un teléfono sin línea, que es como un mechero sin piedra. No era grave, no obstante. El problema tenía una solución muy sencilla.

—Lo pago el lunes. Fuera de plazo. Pero pongo yo las seiscientas pelas de recargo por demora y se acabó el problema.

Para el día veintitrés, víspera de San Juan, ya haría setenta y dos horas que el boleto habría caducado.

Francisco había llegado a Valladolid a la de maitines. Había tomado un café en una tasca de nombre Madreka, y volvía a sentir la sístole y la diástole de la ciudad.

Hizo tiempo hasta la tarde caminando bajo tantísimo cielo, y José Ramón no se le iba de la cabeza. Francisco conservaba ocho fotografías, fuera de la de los carteles de las comisarías (cuyo original no era de su propiedad). En ellas salía adolescente, rodeado de chavales y chavalas de su quinta, con su alegría moza, su apocamiento de la edad del pavo y su seriedad de primera madurez comprometida. En seis de las ocho estaba José Ramón. Tomando vino en una bota, entregando un banderín de plástico, tocando la flauta travesera, comiéndose una guindilla, disfrazado de Jimmy Hendrix en carnavales y escuchando a Francisco, sin más. Seis.

Su ropa, sus libros, su Bultaco, su mochila y su cantimplora, todos sus objetos parecían fabricados con otros tejidos, con otras aleaciones, con otros polímeros. Para Francisco, José Ramón era lo que Steve McQueen era para el orbe. Sus ademanes respondían a otro dinamismo, sonreía siempre y nunca miraba al bies. Fumaba de otra forma, y de otras ulteriores agarraba el botellín, se subía los cuellos de la cazadora negra, desenfundaba el rotulador. De otra manera pedía atención y se dirigía a la gente. De otra manera que, indefinible, cabía definir como estelar. Era como si José Ramón, en vez de provenir de alguna barriada hispana, hubiera surgido de la portada de un disco. Prestaba las llaves del local del «Pico Almanzor» a quien lo necesitara: para fumar de lo verde, para quererse a lo libre, para dormir tras la fuga del hogar paterno. Luego, para justificar ante sus propietarios la utilización alternativa del inmueble, inventaba excusas formidables, que se filtraban como monumentales leyendas. Siempre sin su concurso, como por ósmosis de admirados terceros que las recopilaban, sin que de su boca saliera jamás jactancia alguna.

Cuando Francisco tenía diez años, el mayor de los honores era pertenecer al grupo de montaña de José Ramón. A los trece, seguirle a él era la única forma de hablar con las chicas. A los dieciocho, la banda de José Ramón ya era otra cosa. Otros, no se sabe, pero Francisco García se metió en el GRAPO por hacer amigos. Por ser amigo de José Ramón. Ahora hacía años que no le veía. «Con él me pasó de todo. De últimas, casi todo malo. Pero yo le querré siempre».

Al fin dieron las cuatro. Francisco llegó a su destino: la iglesia de San Miguel, en la calle de San Ignacio, en lo que fue el primer solar vallisoletano. Tenía leído en algún sitio que la radicación de un núcleo poblacional de nueva planta se encomendaba otrora a los animales, soltándolos por los pagos. Esas bestias domesticadas se detenían sin más examen en el palmo fértil y en el metro ameno, guiadas por el mismo instinto inaprehensible que, en su mansedumbre boba, les dota para percibir los temblores de la tierra a kilómetros de distancia. Allí fijaban los hombres su asiento: en el lugar en el que los irracionales lo hicieran, prestos a respirar la paz secreta y feraz que antes inhalara un atado de mulas o una piara contenta. Luego, la choza fundacional y el castro primigenio comenzaban a erigirse sobre el trozo que el ganado en libertad hubiera elegido para echarse a pacer, a aparearse, a dormir.

San Miguel y sus estribaciones inmediatas caen de lleno en este volcán invertido. Ya a cien metros de la iglesia, Francisco comenzó a sentir el impulso telúrico, la vibración que se expande en el área más antigua de las ciudades de viejo establecimiento, y se sometió a la radiación de aquellos misterios. Eran los mismos que en Madrid tenía gozados en las inmediaciones de la calle Rosario y en la plaza de Gabriel Miró, también en el área del primer emplazamiento humano, segundo animal, de la ciudad. Y no sólo allí, a rebujo de teoría propia: con los siglos, las ciudades crecieron, alejándose de su centro de atracción primigenio. En ocasiones, con tanta expansión que las urbes dieron alcance a otros vórtices, antes por la mecánica del desarrollo que por la suelta de bichos. Esos centros de gravedad había que descubrirlos poniendo el alma al aire. Y Francisco algo se olía, como si fuera la cabra de un íbero, en el entorno de la calle Etruria, del barrio de Las Musas.

Con su cazadora descosida, Francisco se colocó ante la fachada de San Miguel. Calibró lo consabido que resultaba el hecho de que dos cadenas flanquearan las escaleras de acceso, habida cuenta de que iba allí a solicitar su carta de libertad. Avanzó por la izquierda del templo, de decoraciones tan exuberantes como áridas son sus trazas exteriores. Divisaba a su derecha los retablos policromados, que, de tamaño medio, parecen descomunales al haber sido incrustados en capillas tan menudas. Llevaba en la cara y en el paso una mezcla de miedo y respeto, la mixtura de quien se tiene por intruso. Antes de entrar a ver a José Ramón, por hacer acopio de ánimo, quiso pasar por su rincón predilecto, y ganó la hornacina de San Francisco Javier.

Por obra de alguna gota de barniz bien tasado, colocada sobre sus ojos de cristal en plazo, tiempo y forma, en su justa medida y en su superficie precisa, el San Francisco Javier parece estar siempre a punto de romper a llorar. Hasta diríase que el tema de la pieza, mucho antes que «San Francisco Javier», es «lo previo» (con «la potencia que no acaba de cuajar en acto» como subtítulo). Porque lo que representan el madero y sus dos vidrios es la micromilésima de segundo inmediatamente anterior al llanto. La talla llevaba más de tres siglos así, en congoja a punto de desbordarse. Trescientos sesenta y tres años haciendo del ánimo un dique para no anegarse la vida.

No era menos agrio lo que acababa de dejar a babor, en oquedad aneja: la Magdalena famosa, con el pelo hecho culebras, recia cruz en mano y un sayal por vestido que dolía con sólo mirarlo, compuesto a base de urdir rafia en rejilla. «Me pido el llorica inminente, tú pídete la del traje de satén», pensó. Él era San Francisco Javier, y la Magdalena, Primi. Esperando ambos los días de gloria que jamás llegan, a punto de llorar el uno y sufriendo la lijadura de los hatos la otra. Luego cruzó ante el altar y se colocó frente a la sacristía. Se rascó la nuca sin que le picara y penetró en la estancia. Allí estaba José Ramón, barnizando con una brocha el toro de un San Lucas.

A sus cuarenta y tres años, José Ramón Pérez Marina aparentaba más edad, con su cara de gesto intransferible y su enjuta figura cascada hecha al frío. Pero conservaba a hierro esos ribetes de cercanía que damos en llamar carisma. Levantó la vista, reconoció pronto al visitante, sonrió al verle. Dejó las cosas, se puso el abrigo y se llevó a Francisco a la calle, sin decir más que «hombre, hombre, hombre... Ay qué hombre, este...». Anduvieron el trecho de alejarse, dándose la mano y diciendo muchas veces «qué tal, joder». Al llegar a Fabio Nelli se metieron por las callecicas más angostas, a instancias de José Ramón.

En las rúas umbrosas se arrancaron a platicar. Menos lo de la lotería, que no le interesaba a José Ramón, Francisco se lo contó todo a su amigo: que el petardo por poco le arranca la nariz. Que no se había quedado con nada del dinero que tenía que haber en el puto sobre azul, porque él ya estaba hecho a vivir como las ratas y no lo quería para nada. Que subsistía estrecho, pero que subsistía, gracias a una exacta organización de sus balances muy deudora de las enseñanzas del propio José Ramón en el Grupo de Montaña, donde se mimaba cada escarpín y cada fiambrera con un sagrado sentido del cuidado. Que a veces hasta ahorraba, y le llegaba para merendar rico los domingos. Reblandecido por el afecto, Francisco le contó a este hermano mayor postizo que de últimas se tomaba a lo mejor un refresco, tipo Kas Limón, que era como beber cítrica salud. Que a veces lo hacía acompañado, porque había conocido a una chica que se llamaba Primi, que estaba tan sola como él: lista, bonita, graciosa. «Te encantaría, José Ramón. A ti te encantaría para mí. A veces voy con ella por Madrid y pienso que tú nos estás viendo desde una azotea y que estás diciendo: "mira qué buena chavala esta para Francisco. Asentada, valiente, ilusionada, payasa cuando toca, cabal cuando procede". Que nos estás viendo y dices: "Sólo es un poco guapa, pero mucho más bella de lo que este jamás se iba a esperar. Mírales a los dos, qué majos, tomando un Kas Limón para que se les pase la sed"».

Y le contó que no era eso lo que más le interesaba exponerle. Que había viajado para decirle que para él lo más importante era dejar la banda. Sin rencores, incluso con buenos recuerdos. Pero que ya no podía más, que sentía como si se hubieran conchabado para hacerle sentir que no era más que una mierda y para dejarle claro que el plan programático de la organización parecía reducirse, por lo que a él tocaba, al punto único de no confiar jamás en él, por lo que apetecía exponerle a deflagraciones fortuitas y a acusaciones descabelladas. Francisco esperó un bofetón de José Ramón. Pero no hubo nada de eso. No se esperaba la respuesta que le dio.

—No te preocupes. Esto ya no da para mucho más. Haz lo que quieras, estará bien hecho.

—¿Pero qué te parece? —insistió Francisco.

—Bien. Si lo ves así, es que te lo has pensado. Y si te lo has pensado, te lo has pensado a conciencia, porque siempre has sido un tío de meditar las cosas como se debe. Y si te lo has pensado a conciencia, es que está bien. Vente a las ocho a San Miguel, que es cuando salgo, y nos vamos a cenar a la Bodega Félix.

Francisco respiró a pulmón lleno. Quería estar pronto de vuelta en Madrid, por tantas razones, y declinó la propuesta de José Ramón.

—Tenía pensado cogerme el de las ocho y media.

—Como quieras.

—Pero un rato sí que me quedo.

—Vale.

Pasearon por San Quirce y San Nicolás. No quedaba mucho por decir después de la instancia que Francisco había cursado, pero sí dio para dos o tres anécdotas de antaño. Luego volvían a sus mutismos. Por decir algo, quizá por romper el silencio, José Ramón recordó que tenía que hacer compra al pasar por un destartalado autoservicio UDACO del que era cliente habitual.

—¿Te acompaño?

—No. No tardo nada.

José Ramón entró al supermercado. Francisco se quedó fuera. En un estaribel colocado a la entrada había un taco de ejemplares de *Actual Noticias*, que, se conoce, se distribuía también en la submeseta norte. Hacía meses que la antipática rotulación de la mancheta y que el torpe colorido de la portada eran un guiño que San Francisco de Sales regalaba a Francisco para endulzarle la mirada. Hoy, en un mar de dudas, la plana de la gacetilla le molía el cerebro como para preparar fritura de sesos en un rebozado de frustración. Giró hacia la derecha por ver si así aventaba la pena, y luego otra vez hacia el mismo lado, con lo que completó la vuelta boba. Caminó dos pasos, despegó un chicle de la acera con la punta del zapato. Nadie por la calle, y el silencio pucelano. Hacía bueno. Era suerte que el clima no atosigara ni por exceso ni por defecto, pero era lastimoso que la temperatura ideal ya no pudiera dejar de recordarle a Primi. Francisco quiso mucho a José Ramón, quien, hoy por hoy, y mientras el tic tac no acabara de desvelar la forma en la que Primi se significaría, quedaba en su nómina de amigos como nombre único.

Entonces oyó fiesta en el interior del supermercado. Alguna explosión de risa, un ulular desternillante después, voces y un «¡ay, pero qué pelamanillas!». Intrigado por todo aquello, Francisco entró al local. El rancio establecimiento olía al serrín que alfombraba todo el suelo para absorber no se sabe qué flujos. Olía además a fluorescente mortecino, el que vive sus últimas horas antes de echarse a parpadear. La cajera, una muchacha de veinte años y ochenta fuertes kilos, se pitorreaba de José Ramón, secundada por una clientela de un albañil y tres señoras que disfrutaban del número. El mítico líder del Grupo de Montaña «Pico Almanzor» sostenía entre las manos un paquete de compresas y pedía que le cobraran «estas servilletas». El jolgorio se expandía sin disimulo, denotando que lo de reírse de José Ramón era poco menos que habitual en aquel UDACO. Le llamaban «el panolín», de hecho, con la soltura del uso cotidiano.

José Ramón estaba colorado, sonriendo como si se fuera a echar a llorar, aguantando el tipo como podía, desarbolado por la tomadura de pelo. Y la chica hacía chistes lacerantes sobre si había que usar muchas servilletas «para tener limpio *el horno de la cocina*», etc. Tras mucho despelote, José Ramón cayó en la cuenta de que se había equivocado de artículo y se fue a cambiarlo. Francisco no concebía cómo aquel hombre de una pieza en cuyo reflejo todos se miraron en los tiempos buenos era objeto de tanta burla, sin que atinara más que a boquear como una sardina. En él empezó a crecer la indignación, un proceso respiratorio y estomacal que ya estaba harto de reprimir, y se fue a la cajera con el temblor agresivo que el organismo procura como acicate para la acción.

—Óyeme, tonta, idiota...

José Ramón volvía con un paquete de servilletas, ya sí, y se encontró con la defensa de su pupilo. Todavía exhibió paciencia como para pedir calma a Francisco con apelaciones al buen humor. Daba lástima queriendo condescender, asfixiado por su timidez, porque era sangrante verle en sus intentos grotescos por resultar amistoso.

—Déjalo, si no pasa nada... si hay confianza... —y se reía un poco, con gran esfuerzo de maxilares.

La cajera cobró riéndose, sin claudicar ante la llamada de atención de Francisco. Los dos compañeros abandonaron el supermercado. Antes de salir, José Ramón todavía medio resbaló un poquito con algún fluido que el serrín no cubrió.

Anduvieron por Valladolid un rato más, cargando con las servilletas como camareros sin bufé. Ya no tenía gracia más paseo. A las siete y media, ambos hombres se dieron la mano, primero, y un abrazo después. Luego se fueron, cada uno por su lado y cada uno a su sitio. Qué doloroso se le hizo a Francisco ver cómo el brillante José Ramón Pérez Marina languidecía de aquella manera, a manos de cualquier zote hastiado con ganas de chirigota. Comprendió que José Ramón le diera sus bendiciones cuando le pidió la dispensa: igual era que todos estaban cambiando, y que él no era el único que se sentía a cada mes más acobardado. Igual era que todos, y no sólo él, enladrillaban su propio muro de desánimo a medida que pasaban los años. Nunca más volvió a verle.

José Ramón Pérez Marina tiró calle abajo, caminando como un jubilado desasistido. Se llegó a San Miguel, para trabajar hasta que la tarde se le muriese del todo. Pasó a la iglesia y entró en su sacristía. Se sentó ante el evangelista que retocaba. Y se fue vaciando el forro del abrigo. Sacó dos chocolatinas, unos Huevos Kinder y dos latas de paté. De los calcetines rescató unas anchoas, y de la potrera unos Toblerone. Era lo que este pusilánime fingido se robaba del supermercado, auspiciado por la pantalla de su fragilidad falsa. Lo que se chorizaba mientras engañaba a la cajera idiota y a su corifeo de grajos mientras ellos se regodeaban en su insignificancia de animalito inofensivo. Lo que se afanaba disimulando bajo otra identidad. Como Blas en clase, como la legión de buscones en Cea Bermúdez, como el propio Francisco en todos sitios.

José Ramón fue guardando el botín en un bargueño del siglo xviii en el que almacenaba el producto de sus rapiñas de guante blanco. A juzgar por el volumen de remanentes, la entrada de alimentos era muy superior a su consumo, porque allí había de todo. Desenvolvió unos bombones y se aplicó a la merienda.

—La cajera de los cojones. Y la nenaza del Francisco. Que os den a los dos por el puto saco.

Abrió el paquete de servilletas del UDACO y tomó una, porque se ponía los dedos perdidos cuando comía chocolate.

14

A las once menos cuarto de la noche, Francisco descendía del autocar de línea en la Estación de Palos de la Frontera. Cruzó el vestíbulo casi vacío, buscando una cabina. Lo más urgente era llamar a Primi para quedar mañana con ella, para contarle que a él se le había acabado el tiempo de andarse con monsergas. Para ponerse en sus manos. Para contárselo todo, para revelarle qué era lo que había dentro del vagón, para decirle que el recibo de la luz era de mentira, porque él no podía aspirar a contratar potencia ninguna. Para ofrecerle el relato completo de cómo eran de divertidas las excursiones de José Ramón, en las que el recio bocadillo de salchichón venía amenizado con una bolsa de patatas fritas Leandro, que era lujo dominical al que no había renunciado. De cómo aquello había devenido en una miseria de vida en la que encontrar mocos frescos bajo las barras de los bares era más tranquilizador que encontrar chicles masticados.

Llegaba con cierta holgura para telefonearla y decirle que abriera las compuertas recoletas del coche correo, que prescindiera del falso recibo y que hiciera el favor de echar una miradita al otro papel. Que mañana tenía que ir con ese conglomerado de celulosa y tinta roja a Cea Bermúdez, a transformarlo en mucha más celulosa y en mucha más tinta. Y luego, que hiciera lo que juzgara más conveniente. Con el dinero y con él mismo.

Venía con ganas de mear desde Olmedo, pero localizar una cabina era prioridad inaplazable y no estaba dispuesto a perder tiempo orinando de puntillas en un váter. Quizá fuera Blas quien contestara al teléfono. Francisco entonces se presentaría como Juan Ra, de *Actual Noticias*. Tenía decidido sonreír al hablar, porque había leído que los músculos de la boca puestos en U revisten de naturalidad las palabras dirigidas al auricular. Mejor sería hacerlo así, porque, al fin y al cabo, quizá le tocara conversar por vez primera con un hombre al que estaba robando («mangando a las bravas, vamos»).

Fue entonces cuando entrevió a Julio, apostado como un apache junto a una tiendecita de frutos secos. En esta ocasión, el de los fardos disimulaba poco. Parecía esconder un objeto metálico alargado en la manga izquierda de su cazadora. Francisco salió de la estación con la idea de desembarazarse de él, si es que lo estaba esperando, y llamar a Primi enseguida, no fuera a ser que este lapa le estropeara la llamada.

Cogió Delicias en sentido sur, procurando caminar natural, e iba dejando atrás los bares con cabina que le hacían falta. Julio no perdía comba, e iba tras él con más cara de granadero que nunca. Sin embargo, parecía otro. Caminaba erguido, moviéndose con la exactitud de un mimo, y su mirada ya no revoloteaba perdida como el ala de Otto Lillienthal en la jornada de su prueba postrera. Ahora, cuando Julio miraba, además veía.

Francisco cruzó la calzada a paso apresurado, intentando que pareciera garbo lo que no era sino apremio. Un autocar que salía cargado de viajeros a punto estuvo de atropellarle. El bocinazo del conductor despertó a medio pasaje. Julio seguía a retaguardia. A él, el bramido del claxon pareció hasta enardecerle.

A treinta metros tenía a Francisco cuando le habló.

—¡Mira, ven, escucha!

Son en apariencia amables imperativos que invitan a manejar los sentidos. Pero son, sobre todo, las tres personas de una sola amenaza verdadera, la terna que encubre la patente voluntad de agresión, de atraco o de timo. Era el introito de tanto asalto en la Ventilla escabrosa, y era ristra mucho más virulenta en cuanto que Julio hablaba límpido. Lo aulló con pronunciación perfecta, tan alejada de la de los disparates del día de la crónica deportiva y de aquel habla lela que siempre exhibió. Francisco le vio moverse, y nada recordaba a las taras de su motricidad. Julio no era ningún retrasado. Era muy listo. Sabía que el descubrimiento repentino de lo ficticio de su minusvalía acogotaría a Francisco. Que en situación tan comprometida, por añadidura, tendría que hacer compilación de los momentos en los que actuó con la desventaja de no saberlo. Francisco demostró su miedo haciendo caso omiso a las invitaciones al diálogo y acelerando como ante un toro loco.

El rostro de Julio brillaba como un sable, y su cintura anulaba con sus driblajes endiablados las fintas de Francisco. No le perdía ojo, como si con el seguimiento visual le estuviera gritando: «¡estoy aquí porque nada de lo que has tratado con José Ramón ha valido para nada!». La puntiaguda palabra «apiolar» le vino a las mientes, con su aroma a fratricidas años treinta —pero que también recordaba en su fonética al amarillito Piolín, con su olorcito al Nenuco original.

José Ramón había tomado sus medidas. Francisco había confiado en dos personas, una de cada sexo, y esta era la respuesta de una de ellas. Según lo que estaba ocurriendo, a Francisco se le venía abajo tanto mensaje de tanta narrativa dramática, social o cómica, en la que las dificultades de la vida son acamadas merced a un heroico acopio de confianza en el prójimo por parte de un zagal. Porque José Ramón, de confianza, nada. La que Francisco había puesto en él, su mentor la estaba usando para frotarse la parte posterior de su trasto, que a él también le picaba allí cuando se dormía con la ropa encima.

Francisco enfiló Ramírez Prado muy arrimado a la pared, como era su costumbre, sin saber muy bien cómo actuar en una persecución que por una vez era patente, y no figurada. Aquí no valían las pamemas de sus fantasiosos virajes en inmóvil, porque Julio no le seguía para abonarle un retraso en la paga. Lo suyo era un miedo al cuadrado: el de saberse acosado, multiplicado por el de estar siéndolo por el individuo con quien más relación había tenido en los últimos años. Pegado a la valla metálica de rombos trenzados, que en aquellos años era costumbre pintar (de azul en este caso), Francisco buscaba refugio como un hámster de laboratorio al revés, ansioso por hallar una entrada en vez de por encontrar una salida. Recorrió el alambre interpretando que los cien ruidos de la calle eran todos por efecto de las pisadas verdes de Julio. A su derecha reconoció el perfil de la antigua estación de Delicias, que llevaba año y medio funcionando como Museo del Ferrocarril.

Tenía noticia de que el edificio se prestaba desde entonces al uso paralelo de hostal gratis para amantes sin casa, lo que le hizo suponer que tenía que haber un hueco por el que entrar. Al fin dio con él: alguien había arrancado los anclajes de la verja al suelo de cemento. Levantó el trenzado y se coló por debajo como la porquería que se esconde debajo de la alfombra. Ganó la playa de vías, donde se amontonaba el material ferroviario a restaurar que quizá estaría dando cobijo a parejas diversas, porque era el junio madrileño de las noches cálidas. Corrió hacia la inmensa cristalera que cerraba la trasera de la estación: un muro transparente que el arquitecto diseñó más como forma de acotación que como barrera contra entradas, porque la juntura del vidrio con el muro de obra dejaba una banda de veinticinco centímetros de ancho. Los doscientos cincuenta milímetros por los que Francisco se introdujo, sin importarle si las costillas le crujían o no.

Francisco, que siempre planeó esta visita en su vertiente cultural, se encontró con las popas de las imponentes locomotoras («vapor, diésel y de catenaria», se dijo). Tomó el andén oeste y se escurrió entre las máquinas mientras oía cómo Julio llegaba al recinto poco después que él. Desfiló entre dos hileras de vehículos buscando cobijo, pero cayó en la cuenta de que un rápido vistazo desde la cabecera de los andenes sería suficiente para descubrirle. Decidió esconderse mejor entre dos coches alineados, tirado en el suelo bajo los mecanismos de enganche, intentando que la altura de su cuerpo en tierra no rebasara la de los rieles. Mientras contenía la respiración vio a lo lejos a Julio, el de las glaucas pezuñas. El falso minusválido portaba un tirachinas metálico de los que se habían visto tantos durante las luchas sindicales contra las sucesivas reconversiones fabriles. De nombre tan infantil, el arma se acoplaba al antebrazo, agarrándola por el puño, y permitía arrojar tornillería y rodamientos con gran potencia al tensar la goma industrial de la que iba provisto.

Francisco conocía aquel instrumento. Uno de esos proyectiles de acero podía reventar una sandía. Pero escasos de recursos, en el GRAPO sí que estaban. Julio también vio a Francisco. Armó el tirachinas y lanzó una pieza metálica entre las dos hileras de trenes. El proyectil cruzó longitudinalmente la estación, rebotando entre máquinas y vagones, y restallando hasta quedar cerca de Francisco después del festival de golpetazos y abollones. Lo divisaba desde su posición. Se trataba de media bola de acero de dos centímetros de diámetro, con un imperfecto corte que convertía sus aristas en una verdadera sierra circular en miniatura. De una forma u otra, siempre admiró el ingenio de esos compañeros suyos, robinsones de moral inquebrantable. Porque lo que no dejaba de ser inquietantemente paradójico era que *media canica* fuera el *doble* de dañina que *una canica entera*.

Impresionado por la violencia del estruendo y las mejoras tecnológicas del grupo, Francisco sintió terror. Esto era el pánico. El párpado izquierdo le batía como la cinta anudada a la rejilla de un ventilador. Volvió por lo de las ansias de la ropa chula, la casa acogedora y el inglés, la bandurria, cualquier cosa para provocar la admiración ajena, como cuando se metió en Barajas a liarla. Pero este pavor era más recio, y constató que el efecto fisiológico más notable del miedo no es esa respiración de rápida frecuencia de las películas (inspiración-expiración a ritmo loco), sino la imperiosa necesidad de renovación de aire, abortada por la imposibilidad involuntaria de expulsar el ya usado. El sofoco provenía de tener los pulmones llenos de un gas ya inservible que, por alguna conexión del sistema nervioso con las válvulas del gaznate, no encontraba salida. Le pareció baladí estar pensando entonces en esto, pero qué le iba a hacer.

Julio gritó andén a través, haciendo retumbar su rugido entre los lienzos.

—¡A ver, el follador! ¡El que ha tocao a muchas mujeres en su vida!

Al del premio todavía le quedó candidez como para sentir muy profundamente haberle hablado así aquel viernes de paga, con algo parecido a un machismo de hombretones botarates. Se había merecido con ahínco todo lo que Julio le escupiera, en verbo o en metralla. Las píldoras de terror iban borboteando en su ánimo como si fueran las bolas de una máquina de chicles con las trampillas descoyuntadas. Descubrió que el acceso al coche bajo el que se agazapaba, una unidad de pasajeros de 1922, estaba abierto. Sin hacer ruido, pasó al interior.

Luego Julio volvió a disparar. La percusión, que Francisco seguía por la cantidad y la calidad de los impactos, abolló chapa, golpeó madera y acabó quebrando vidrio. Le debía de tener ya cerca, porque esta vez el proyectil rebotó menos veces, pero chocando con más fuerza, como si el de los fardos tuviera el campo de disparo más acotado. Qué bonito había quedado el museo, por lo que atinaba a ver. Según pintaban, jamás lo iba a poder contemplar de día, en horario abierto al público, pagando sus cien pelas y amenizando la visita comiéndose un regaliz negro y otro rojo, uno negro y otro rojo, uno negro y otro rojo...

—¿Cómo se chupa a una tía, mamón? ¿Qué hay que hacer, soso de mierda?

Francisco empezó a atar cabos: se había encristado con todo el GRAPO porque el Julio, bobo de pega más listo que nadie, había robado cuarenta talegos y pico y le había luego culpado a él. Ahora, tras visitar a José Ramón para contarle sus planes de futuro, encima querían matarlo. Por pedir irse de un Grupo de Montaña en el que ya no pintaba nada. Y más por soltar el miedo por la boca que por comprender lo que había ocurrido, le gritó al de los zapatos verdes:

—¿Quién se llevó el dinero del sobre? ¿Tú?

Julio ni contestó. Recordó las deliciosas coca-colas que, con las cuarenta y dos mil pesetas, llevaba pagadas a tantas chavalas de la discoteca Versalles, de Bravo Murillo, y a las que siempre sacaba el mejor partido. Al fin y al cabo, nadie en el GRAPO iba a dar pábulo a la idea de que nadie que no fuera Francisco se iba a haber llevado el dinero. Julio sólo tenía que matar a García por orden de José Ramón, para que nada aflorara y para que aprendieran todos. Pero él quería llegar más lejos, y hacerlo con entusiasmo juguetón, porque se sabía destinatario de una vida de asco en el reparto de suertes y odiaba a todo el mundo. Julio se llamaba en realidad Luis Felipe, porque sus padres pensaron que el nombre le revestiría de dignidad. Pero él exigía que le abreviaran Feli, que era la de hombre feliz la evocación que prefería.

Su única alegría consistía en ir por la tarde a la discoteca, y allí bailaba con sus zapatos pop. Llamaba la atención, porque lo hacía muy bien, y a veces se enrollaba con chavalas que le besaban y follaban con él. Había llegado a la final de «La juventud baila», en el programa *Aplauso*, y era muy consciente de que, fuera de eso y de las amigas que se le arrimaban, no había nada más en la caja de hojalata roñosa de sus días. Sabía que Francisco ni lo cataba, porque era un pánfilo al que habrían escupido en cualquier pista de baile, así que lo que le soltó aquel viernes de marzo en el taller sobre su supuesta incapacidad para generar afecto en una mujer le reventó de ira. Según la orden recibida sólo tenía que ejecutarlo, «sin mucho regodeo, que de joven era majo». Pero Feli, que de feliz nada, y de majo, sólo cuando no le insultaban, quería hacerlo a conciencia, con tonos rojos y flujos manando a base de bien.

Al hablar, Francisco estaba dando pistas sobre su posición, y ventajas con ello en la partida. Feli, orientado por su voz sin saliva, localizó lo que supuso que sería el vagón en el que Francisco se ocultaba. Desde el andén, a través de una ventanilla abierta, disparó al interior, a sabiendas de que el proyectil rebotaría dentro de la caja con serias posibilidades de acertar. Y ese fue el espectáculo en el que se encontró Francisco metido: la pieza trazó mil vectores de fuerza, astillando la madera y repartiendo bofetones de decibelios, como chinas de río agitadas en una hormigonera enloquecida. Pero no le alcanzó.

No le quedaba otra que salir zumbando del vagón, confiando en la suerte para que un nuevo disparo del criminal tirachinas no le atinara. Pobre sector en el que invertir, el de su suerte. Impulsado por la fuerza que según se comprueba a cada rato otorga el pánico, y protegido por la dureza de carnes que además proporciona, Francisco saltó del coche, no sabría decir si por la puerta o por la ventana. Cayó de pie, y el golpe le produjo ese picor en los talones que dificulta la carrera. Supuso que se trataba de una inoportuna asociación de ideas el que en ese momento de dolor de pies oyera pisadas al galope. Como nadie tiraba sobre él, consideró que quizá Julio se estaba dando a la fuga. Las carreras se multiplicaron, adornadas por los improperios de alguien empeñado en vencer el miedo a base de pegar voces: «Tú, cabrón», «dónde te crees que estás», «qué haces con ese hierro», cosas así.

El último disparo de Julio, que sonó ya mucho más lejos, le confirmó que el disminuido de ficción abandonaba su empresa. Pero los nuevos chillidos que retumbaban por todo el recinto significaban que no iba a quedarse solo, para ver el museo a gusto. Superando las punzadas del hormigueo de termitas, se incorporó y emprendió como pudo el camino hacia la cristalera por la que había entrado.

—¡Alto! —gritó alguien. Y sonaban pisadas por todos lados.

Francisco, aterrorizado, no estaba para percatarse de que lo mejor habría sido obedecer. Siguió corriendo, con nulas posibilidades de escapar, y sólo se le ocurrió decir «¡A que no me coges!». Era lo que su cerebro atenazado recordaba que se decía en tesitura semejante, porque la última vez que se encontró en esta situación de huida a la carrera debió de ser en el patio de las escuelas, durante algún recreo.

Tres municipales habían oído follón por dentro del museo y habían entrado a ver qué. Francisco distinguió el azul ultramar de los uniformes. Los había tenido enfrente miles de veces, pero era la primera vez que la situación se los ponía tan de cara. Siguió corriendo andén abajo, intentando recabar ánimos por haber sido capaz de librarse de Julio y haciendo por convencerse de que se hallaba ahora en mejor posición. Se obligaba a pensar que el atávico tirachinas que acababa de eludir era más letal que las pistolas de los policías. Porque el revólver del municipal es un préstamo del ayuntamiento y un tirachinas de brazo no se fabrica sin la firme intención de herir. Pero no conseguía dominar un pavor que hasta para él mismo, perpetuo agonizante, resultaba novedoso, de puro gigantesco.

—¡Que alto! —el municipal se repetía.

Con la cabeza cocida por meses de hervencias, y mientras corría con los talones cuajados de alfileres, Francisco rompió a farfullar, con el habla pánfila y la expresión desbocada de quien está a punto de sufrir un ataque al corazón.

—¡No puedo «alto»! ¡Me quiere matar un tío que parece subnormal pero es normal! ¡Trae camisetas desacabadas y yo les doy cuatro pesetas de puntadas, me hice el gallito con él un día, yo, que ni lo huelo! ¡Se llama Julio pero igual de nombre es Carlitos, como Snoopy, el amigo de Piolín!

Los municipales, que en un telefilme de por la tarde se habrían desplegado operativamente, avanzaban apiñados para combatir la incertidumbre, y volvían a su cantinela como en un recitativo para trío de voces masculinas.

—¡Que alto!

«Qué típico es lo de "alto"», pensaba el agente Alberto. «Pero qué vamos a decir, si no», se decía también. Francisco casi había ganado el hueco de la cristalera por el que entró cuando se topó con la formación de infantería a sus espaldas. Sin más plática, sonó un disparo. El proyectil alcanzó a Francisco en su brazo derecho, y el afortunado de la lotería cayó al suelo. Sin grandes estropicios, porque sólo le rozó la piel, que escocía como lijada con papel del grueso. Menos perjuicio hizo la bala en el textil, porque entró por el descosido de la manga de la cazadora como si el día del desgarrón en Barajas ya le estuviera el azar caprichoso haciendo el hueco para que pasara. El boquete de salida sí era nuevo, pero quien más sufrió fue la cristalera de cerramiento de la estación-museo, donde el disparo acabó impactando. Francisco, del susto, cayó a tierra. Las ganas de mear que empezó a sentir en Olmedo se significaron ahora con fuerza demencial en sus conductos, y se supo tan perdido que no padeció remordimientos cuando distrajo su contención y dio curso al flujo. El calor le reconfortó.

Avanzando por el andén central, los tres policías municipales, hechos un manojo de nervios, miraban la que habían preparado. Había disparado uno de Camas, Sevilla, y venía lívido como una cartulina blanca. El policía Alberto, que llevaba ya tres meses en Madrid y que por tanto aventajaba en veteranía a sus compañeros, se hacía cruces y reprendía al novato.

—Qué tolili eres, majo, qué tolili eres. Vas a estar de juicios hasta el Día del Juicio.

Los policías se llegaron hasta el herido. Comprobaron que el proyectil no había provocado denterosas hemorragias ni destrozos vomitivos, y actuaron según lo habitual.

—¡Identifíquese!

—Ya me gustaría.

Julio asistió a la captura escondido en un almacén pendiente de remozo de la zona exterior de la estación. Esperó durante dos horas a que los policías se ocuparan de los trámites. Metido en su agujero, se comió una bolsa de Sugus, se sonrió con cada aullido de miedo de Francisco, por bocazas, y fantaseó con su música de lucecitas. La que le ponía como loco, porque le hacía disfrutar de las mujeres como no lo haría en la vida el pedazo de lerdo al que acababan de detener a tiros, gracias a él. Se quitó las gafas de culo de vaso de graduación falsa y se las guardó para siempre. Francisco no conocía en él más aspecto que el de retrasado profundo, y ni sabía su nombre, ni su apellido, ni dato alguno, con lo que era imposible su eventual delación. El que cosía las etiquetas iba a pagar la afrenta de sus comentarios sobre su fortuna con las mujeres con varios, pero varios, años de condena.

Cuando todos se hubieron marchado, a la una y diez de la madrugada, el Feli se permitió el lujo de parar un taxi e irse a la Versalles, que para eso era jueves, a ver qué pescaba en la discoteca durante sus horas más excitantes.

Para Francisco, el viernes veinte de junio de 1986 amaneció en un calabozo de los Juzgados de Plaza de Castilla. Meado, esposado, con el brazo ardiendo, sentado en una banqueta sobre la que durmió como el pobre Fermín, ya no diferenciaba entre lo que era duermevela y lo que era pesadilla. Como en un *to be continued*, salía a la calle con el atril arrancado de cuajo. Aquello sí que eran risas torrenciales, y no las de los escasos trescientos o cuatrocientos espabilados del salón de actos. En el sueño, a Primi se la había tragado la tierra. Por Cea Bermúdez, con el mobiliario a cuestas, sólo tenía conciencia para el teléfono. Era inaplazable llamar a Primi y decirle donde estaba, que necesitaba ayuda y que no dejara por nada del mundo de ir a pagar la luz, porque dentro del cochecito a escala 1:87 había dinero «como para parar un tren». Como el boleto estaba dentro de un vagón y la mente calenturienta de Francisco borboteaba derretida como una onza de chocolate en un cazo al fuego, la imagen de un convoy chocando contra mil sacas de monedas se le trababa con la del propio juguete, y no le quedaba otra que gritar con todas las venas.

Le despertó del todo el barullo de la calle. Por los tragaluces que daban a Bravo Murillo vio los tobillos como botes de unas gitanas que buscaban a sus primas por los calabozos, pegando alaridos nada lorquianos.

A las siete menos veinte de la mañana, varios agentes uniformados y unos auxiliares de paisano abrieron la puerta del calabozo. Francisco se lanzó a ellos farfullando sopas de frases que siempre contenían el tropezón del vocablo *teléfono*. «Que sí, que sí», le decían. Le condujeron a un despacho. Nada más entrar, Francisco escaneó toda la estancia buscando el trasto, con el ansia de quien busca una gaseosa tras horas de caminata por el secarral de finales de julio. Sobre una mesa de oficina, allí estaba, rojo, en modelo Teide, que Telefónica acababa de lanzar (también se fabricó en blanco).

—¡Que tengo que llamar! ¡Teléfono!

En comisaría estaban hartos de él. Habían capturado a un *grapo* alucinado, que se desgañitaba exigiendo llamar, que se pintaba lunares en la axila con un Bic y que olía a peste (por la fetidez que echaba, no porque nadie relacionara sus bubones de pega con la enfermedad terrible).

—No puedes llamar a nadie —le explicó un policía que estudiaba derecho por la UNED—. Tú ahora, serás consciente o no de ello, pero eres un incomunicado técnico. Hasta el lunes, nada.

Y Francisco se tiraba a la mesa del teléfono, con las mismas esperanzas de éxito de un niño que no quiere ir al colegio y al que su madre no soporta en casa. En seguida era placado a un decímetro escaso de su posición inicial.

—¡Déjame llamar! —gritaba—. ¡*Déjenme* llamar! —que igual se le estaba negando el pan y la sal por falta de cortesía.

Como todavía era temprano y se encontraban frescos, los policías entraron al trapo, y esbozaron virutas de diálogo, entre el argumento y la mofa sangrante.

—Para qué. La gentuza como tú no tenéis con quién hablar.

—Espérate al vis-a-vis para follártela.

La táctica de Francisco siempre fue la del oteo sin gesto, la del silencio y la de la combinación parada | desplazamiento | parada, mecánica muda que había demorado su prendimiento durante años. En la jornada de los juzgados, sin embargo, cabía la palabra, ya que el verbo había roto a manar. Así que se tranquilizó de puertas afuera y ofertó, con el cierto desparpajo de quien viene respaldado por sus posibles.

—Si me dejáis llamar os doy un millón de pelas.

Se cachondearon de él a mandíbula batiente. «Zarrapastroso», «marrano», «mamarracho», todo con erre le llamaron, como aserrándole la honra. «¡Un millón a cada uno, a cada uno!», pujó Francisco. Y el pitorreo arreció. Al fin, el policía más bajo y ancho esperó a una brizna de silencio, esa en la que cabe meter la lengua en cuña para que se oiga bien lo que va a decirse y, mirando a Francisco, le espetó.

—Te cambio una llamada por una hostia.

A esa hora, Primi se duchaba en su cuarto de baño. Como el viaje a Badajoz era de penitencia, no había reunido fuerzas para levantarse a la hora debida, por lo que llevaba un retraso en deuda de nueve minutos que iba abonando como buenamente podía. En el vestíbulo sonó el teléfono. Dentro de la ducha, Primi no oyó nada. Blas, sí. Se preparaba un Nescafé en la cocina, porque le daba apuro permanecer en la cama mientras su mujer madrugaba: si evitaba mostrar pereza, su fracaso rotundo sólo parecería contratiempo eventual. Oyó los timbrazos. Como era imposible que fuera para él, hizo como si no. De su mujer, notaba de últimas su dejadez displicente en lo laboral y su secreto regocijo en lo anímico. Si la llamaban por trabajo y su tardanza al levantarse conllevaba un perjuicio de la que ella era responsable, ella misma se habría buscado las consecuencias negativas de no contestar. Y tampoco quería cruzar un buenos días con el guapo que estuviera rondándola. Lo dejó sonar.

Francisco, con el teléfono en la oreja, sudaba aguarrás. Sudaba tanto que el teléfono se le resbalaba de las manos y lo tenía que agarrar con todo el cuerpo. A Francisco, desesperado del todo, ya le daba igual que se lo cogiera Blas o que se lo cogiera quien fuera, que las de la matinada no eran horas marcadas en verde lima. Pero nadie contestaba. Tras un minuto de pitidos sin respuesta le cayó una hostia que le arrancó el aparato de la cara. El policía cobraba su parte del trueque.

El último ring del teléfono sonó en la casa triste mientras Francisco aterrizaba sobre un sillón de oficina dotado de ruedas, que prolongó con su tren en línea la referencia aeroportuaria.

Para entonces, la vibración de veinte pitidos ya había hecho efecto en los rodamientos del vagón-correo, abandonado a su suerte en el taquillón del recibidor en el que no se recibía a nadie. En hogar normal, ante el ruido, el juguete habría tiritado como la aguja de un tocadiscos sin mayores consecuencias. En este piso de la calle Guillermo Pingarrón, el del tenue desnivel, el vagón se echó a rodar él solo, impelido por la dinámica de un timbre insistente y acelerado por la misma inclinación levísima que descompensaba los afectos de sus habitantes. A velocidad uniformemente creciente, el coche cruzó el tablero del taquillón, rebasó su borde y cayó hasta el suelo, donde se descacharró al impactar contra las recias baldosas. Para ser tan amantes de los trenes en miniatura, Francisco y Primi no hacían más que destrozar vagones.

Algo oyó Blas cuando la precipitación, pero pensó que era bobada levantarse de cosa hecha a recoger un trasto que se fuera al suelo si tarde o temprano, en la longitud del día hasta la clase teatral, acabaría pasando por el lugar del accidente. Primi todavía tardó un rato en cerrar los grifos, en frotarse la cabeza para secarse el pelo, en pasar ligeramente la fregona. En ponerse el albornoz, en recoger la alfombrilla de baño, en echarse desodorante, todo con el desánimo de un viaje de represalia en perspectiva. Luego se vistió, prescindió del maquillaje y del desayuno por ganar tiempo, cogió su bolso sin notar que pesaba dos mil pesetas menos y, siendo verdad, sonó a excusa cuando le comunicó a Blas que pasaría tres días fuera de Madrid por un asunto de trabajo.

Ya en el vestíbulo, se encontró con todo aquello por el suelo. Piezas de plástico y metal, y dos papelitos. Uno, haciendo de recibo de la luz, no era más que la octavilla publicitaria que les dieron a Francisco y a ella en Cuatro Caminos, en marzo, cuando apenas se conocían de nada y ya sentían que empezaban a necesitarse. Otro, el boleto de lotería. Con aquella combinación que Primi conocía de memoria, con una disposición de números tan extraña (tan pegados unos, tan separados otros) que se antojaba irreal que un locutor la cantara por la radio. Primi se frotaba los ojos. Sin cuidado ninguno. Al fin y al cabo, no había tenido tiempo de pintarse la raya y no estropeaba con ello ninguna compostura previa.

15

El lunes veintitrés de junio fue de sordo revuelo en *Actual Noticias*. Cuchicheando por lo bajo, en torno a las tazas de ocurrentes rotulaciones que todos se regalaban en los compromisos, Pablo, Patús, Laura, Ricar y todos los de la redacción comentaban lo de Primi con la millonada. Sólo Juan Ra permanecía en su habitual exilio voluntario.

—Le toca y se pasa la tía tres meses sin decir nada, ¡y haciendo como que busca al del premio!

—Yo no entiendo. Disimulando aquí, ¿qué ganaba? Te toca, te coges el dineral y te piras, ¿no? Pero estar viniendo tres meses, sabiendo que si te sale de las ingles te puedes quedar en casa a tirar lapos por la ventana, eso sólo se puede hacer a mala idea.

Les faltaban algunos datos sobre la verdad de lo que había pasado en realidad, pero hay que comprender que, desde su perspectiva, la función que había protagonizado Primi era de un recochineo plateresco. Un manguerazo de cinismo ejecutado con puntillosa voluntad que a todos parecía gesto de enferma crueldad.

Toharia salió de su despacho, al tanto de todo, reconcentrado en la empresa llamada al fracaso de pretender que aquel lunes no ocurría nada raro. Así, sonreía, y se había prendido un clip morado en la corbata como detalle chocante, para restituir el ambiente de buen humor que, creía él, imperaba en la redacción.

—¿Quién está tipografiando el artículo de la relación casual entre longevidad de vida e ingesta de yogur? —preguntó.

—Yo —contestó no importa quién.

—Pues venga, que es para hoy. En sentido literal, no para meter premura, que es que tiene que estar hoy en imprentaje.

Juan Ra rompió su ostracismo secular. Fue con una impertinencia de asonada, audaz a sabiendas de que Toharia, con semejante golazo en la cara, estaba poco menos que amordazado.

—Toharia, ¿a que no sabes a quién le han tocado doscientos tres millones de pesetazas?

Algo tenía que responder, porque el silencio era derrota aún más incondicional.

—Pues como vuelva por aquí, no le abráis ni la puerta.

—Toharia, que Primi por aquí no va a volver en su puta vida.

Toharia deseó volver a la medicación, ya pecharía con el hipo. Juan Ra forzó una risa. No la sentía, porque se encontraba triste como un león con tos, pero no se le ocurrió otra forma de ofender.

—¡A ver quién te escribe ahora lo del premio!

Reconcomido por dentro, Toharia recapituló su historial de desastres, que él sentía de consecuciones en su percepción descabalada. Hizo acopio de entusiasmo echando mano de su capacidad para tantas cosas, puro espejismo, y se armó de confianza.

—¡Pues me escribo yo el artículo como que me llamo Emilio!

Se fue a la máquina de escribir y, apremiado por el compromiso al que le obligaba su farol con el editor, redactó esto:

«El premio de la lotería lo ha ganado Primitiva García, agraciada con la suerte de su propio nombre que es homónimo del popular juego de azar que, ha sido el que llamándose como ella le ha supuesto un aldabonazo».

«Natural de Madrid, pero con ancestros en Guinea Papúa, ciudad en la que reside, trabaja en esta revista, "ACTUAL NOTICIAS", publicación que».

Ahí se quedó el reportaje. Toharia, que luchó contra el texto durante días, no pudo recabar más datos sobre la ex-empleada. Nadie supo darle más razón de ella en la redacción. Juan Ra podía haber ofrecido los informes de sus espionajes secretos, pero se lo calló todo porque estaba convencido de que era lo que Primi le habría pedido. Encontraron su retrato de refilón en la foto que tiró Patús en la fiesta de empresa de la Navidad última. Era un manchón impublicable. Primi aparecía al fondo del cuadro, con ganas de querer irse, llevando al cuello una tira de espumillón que alguien le habría obligado a ponerse. Con una copa vacía y la cara agria que se le empezó a dulcificar durante el año que entonces se disponían a recibir.

Ya que el de Primi no le salía, Toharia se escribió el artículo del yogur. Blas comía solo, arrumbado ante la tele, con una bandeja en las rodillas. Morcilla deshecha y huevos fritos con la yema rota. Leía en *Actual Noticias* el interesante artículo sobre nutrición con información nada desdeñable: «Se ha demostrado con pruebas mostradas que en países del Cáucaso, donde el consumo de yogur o yoghourt es muy de todos los días, las gentes alcanzan una media de edad superior a la Edad Media».

—Hay que comer más yogur —se dijo.

Aquel jueves le tocaba clase a las cinco. Así que como ya eran las tres y diez se levantó del sofá y se sacudió las migas del pantalón. Por delante, más de hora y media de viaje hasta la facultad, como irse a Ávila. Ahora esa era la hora buena, porque estar en casa no había quien lo aguantara. Estaba a ver si se hacía con más horas lectivas, pero en el rectorado no había síntomas favorables. Como sabía imposible que el profesor de Economía acabara impartiendo clases de Economía en la Facultad de Económicas, había cursado una solicitud para optar a la plaza de monitor del taller de cine del Centro Cultural Nicolás Salmerón, del distrito de Chamartín.

De hacerse con el puesto, su vida profesional volvería a trazar otra pirueta de pintoresca desubicación. Pero esta perspectiva de tarea en el ámbito del movimiento vecinal le ilusionaba sobremanera. Había comprado libros sobre el tema en la librería Galdós de la calle Hortaleza. Según los estudiaba, comprendía la magnitud de la decepción de sus alumnos, que habrían pasado el BUP mirando las fotos de *La gran enciclopedia del cine*, deseando filmar sus cosas, para llegar a la Facultad de Imagen y encontrárselo a él, con su gesto agrio y su voz de enfado. Con los del Centro Cultural sería distinto. Si se aprendía lo de los libros cobraría una seguridad que le liberaría de imposturas. Haría amigos entre juniors y seniors, que había un par de cafeterías por la zona de la Prospe que estaban muy bien para llevárselos después de clase.

Nunca se hizo con la plaza. Una alumna levantisca que ni se tragaba su papel de escéptico curtido ni sentía por él ninguna lástima acabó por amargarle del todo durante el curso 1986 | 87. Blas se enamoró de ella perdidamente. Ella despreciaba a un actor tan malo.

16

Francisco fue el único detenido, pero el Ministerio del Interior volvió a informar otra vez de la definitiva desarticulación de la banda. En diciembre fue condenado a una pena de quince años de prisión. A la salida de la Audiencia Nacional ocurrieron diversos eventos fútiles: hacía frío y soplaba cierta ventolera. Los medios de comunicación esperaban a la puerta. Francisco salió esposado. Le escoltaban dos policías nacionales. Un bedel llevaba de la mano la cazadora negra del reo. En la calle se les unió un agente de paisano que se llamaba Carlos. Los dos policías se fueron a contar a su colega que a la novia del condenado le habían tocado doscientos tres millones de pesetas en la Lotería Primitiva. El bedel, por no cargar con la cazadora, se la dio a Francisco, que la cogió como pudo. Se levantó una ráfaga de viento. A Carlos, el jersey que llevaba sobre los hombros le tapó la cara, y, por el fresco, juntó las manos para frotárselas.

Así que lo que se vio en el telediario, montado con desidia por algún editor negligente, fue lo siguiente: el nombre de Francisco García, activista del GRAPO, cayó sobre la imagen del tal Carlos. Que avanzaba con las manos unidas y la cara cubierta por un jersey, flanqueado por dos policías. Francisco, el verdadero, apareció en segundo término. No se le veían las manos esposadas, tapadas por la chupa «de *termoforro*». Francisco no se hacía famoso ni cuando más motivo había.

Ingresó en la prisión de La Moraleja el veintiuno de diciembre de 1986, como si todas sus fechas señeras fueran a base de solsticios y equinoccios. Lo primero que le tramitaron en la cárcel de nombre ora didáctico («fui malo; moraleja: me arrojaron a las mazmorras»), ora cómico («La Moraleja, lujoso enclave de clases dirigentes»), fue un DNI. Verdadero, legal, atiborrado de rayitas azules imposibles de falsificar. Con ello ni siquiera él quedaba fuera de control, ni en la prisión ni fuera de ella.

El ingreso fue muy duro. Pero a la semana, y tras una mierda de vida plagada de cuitas, Francisco estaba tan cómodamente instalado, y se encontraba con las necesidades tan cubiertas, que la primera acepción de la denominación de su residencia le hacía más gracia todavía. Para empezar, nada más llegar, Francisco se encontró con que se comía tres veces al día. Preparaciones como la pescadilla rebozada, la carne guisada o la ensalada campera fueron descubrimientos gozosos. El flan lo servían con nata y una guinda, y nadie parecía sorprenderse ante tamaña muestra de inventiva. Cuando había que tirarse el pisto de hombre de mundo, llamaba a los espagueti «lingüini» y el hampa lo admiraba. No sólo llegaban a la cárcel seis periódicos diarios y ocho revistas mensuales, sino que es que, además, leerlos estaba muy bien visto. A pesar de lo cual nadie los leía. Disponía para él solo de una sala de prensa amueblada con bancadas de acero inoxidable. Seducido por el lujo, encontró incómoda la brizna de frío que se pasaba al sentarse sobre el desnudo metal. Pero sólo hasta que descubrió el calorcito que daba el gigantesco *Le Monde*, colocado como almohadilla debajo del culo.

Había una biblioteca, con muchos más volúmenes de los que el interno Francisco habría podido leer durante una condena que quintuplicara la suya. Una vez al mes llegaba ropa de Cáritas. En ocasiones, aparecía entre las donaciones alguna prenda muy, pero que muy ponible, a base de tejidos amorosos de ignoto tacto de beso. Así, la viscosa, la chenilla, el denim o la lana de mezcla. Por la noche se desnudaba para irse a la cama: como había calefacción en todo el centro, no había razón para dormir vestido.

A mayores de toda esta sobreabundancia de bienes, Primi encima se empeñaba en mandarle dinero fresco, a pesar de la trabajera que tenía que comerse para que Francisco lo aceptara. Hecho a la santa austeridad, al recluso le daba vergüenza gastar la choji, porque en él le parecía impostura. Leandro, Blizz Cola, Nenito... Por mucho que pintaran oros, Francisco fue leal a sus marcas favoritas hasta el final. Así que acababa regalando billetes a los reclusos que no le parecían unos soplamingas. Como siempre ocultó lo de la lotería, se extendió la especie de que él era una suerte de San Francisco de Asís bueno y dadivoso.

Primi iba a verle una vez al mes. A Francisco le llevó las tres primeras semanas de julio de 1986 contárselo todo acerca de sí mismo, pero así lo hizo. Lo que Primi no contó a Francisco, porque ni falta que hacía, fue la excursión que se marcó en agosto a Valladolid. Se llegó hasta la iglesia de San Miguel y, para su fortuna, la encontró cerrada. Menos mal, porque iba temblando de miedo como un bloque de gelatina. Pasó por debajo de la puerta un sobre a nombre de José Ramón Pérez Marina. Dentro iban cuarenta y dos mil pesetas «de parte de Francisco García», para que las aguas volvieran a su cauce. Rogó al santo que el llamado Julio no anduviera por allí para apropiárselas otra vez y salió corriendo hacia el Café del Norte, inmensa cafetería bajo cuyas losas yacen los verdaderos restos de Cristóbal Colón, según le relató su propietario. Creerlo es muy gratificante para el espíritu, y algo de cierto hay en ello. A ver si no cómo se explica que resulte tan sobrecogedor entrar en el bar.

Con el asunto de la lechuga ensobrada, Primi libró a Francisco de suspicacias por parte de cualquier *grapo*. Francisco, que nunca dejó de estar a por uvas, se preguntaba en la cárcel qué era lo que habría pasado que jamás le molestó nadie de la banda, ni desde dentro ni desde fuera. Empezó atribuyendo el perdón a que José Ramón se sintió o compensado, o conmovido, o retribuido, o desagraviado, o algo en participio, con el susto que le dieron en el Museo Ferroviario tras su visita a San Miguel. En su ingenuidad, acabó dando pábulo a la versión según la cual José Ramón y los otros se habían ido olvidando de él. «Yo nunca he sido de quedar en la memoria de nadie. Soy transparente». Primi se callaba. Para qué enredarlo más.

Podría haberse derrumbado si hubiera dado curso a la reflexión suicida sobre la porquería que había sido su vida anterior, en la que el escenario de sus días era cárcel mucho más escabrosa que la que ahora habitaba. Habría sido perfectamente posible entrar en barrena al abonar los pensamientos sobre lo maloliente que tenía que haber sido su biografía para que esta hiciera buena su estancia en las mazmorras. No lo hizo. Antes se iba al cuarto de la tele, donde había un receptor en el que las figuras se veían enteras. O se iba a tomar un café a la máquina, bastante más barato aún que en el CoyFer. O al patio, a fumarse un Rex, que sabían mucho más ricos en el campo palentino que entre los humazos de Madrid. O a la sala de prensa, a cogerse el *Le Monde* o algún otro periódico que fuera a usar de la forma que hubieran deseado los redactores.

Los compañeros, al contrario que él, lo pasaban fatal. Era el efecto lógico de la soledad punzante. Nada de eso iba con Francisco, quien se encontró de la noche a la mañana con cuatrocientos sujetos con los que podía tratar. Un «No hay por qué darlas» o un «A la mierda te vas tú, mongolo» ya convertían al interlocutor de Francisco en uno de los seres con los que mayor diálogo había mantenido en toda su vida. Como aquel que empieza a tomar drogas por ver cómo es, con afán experimental y una libreta para anotaciones, Francisco se encontró en medio del patatal humano en el que siempre quiso plantar los tubérculos de su sociabilidad negada.

Francisco podía opinar, opinar sobre el prójimo más allá de su aspecto visual, merced al caudal de datos que le ofrecían los comentarios, las ideas sobre las cosas y las concepciones verbales de cada interno. Fue bueno hacer algún amigo, novedoso y divertido fue conocer los nombres de cuarenta hombres y los apellidos de quince, pedir un día un favor, devolverlo al día siguiente. Prestar el mechero, regalar una tarde la merienda, soltar una mentira piadosa por la mañana y sentir la compasión subsiguiente por la tarde. Estuvo bien. Pero nada fue comparable a ir examinando cómo era la hasta ahora inédita enemistad. Lo excitante que era robar un día una pila, a ver qué pasaba. Pasarse en un comentario, sembrar una calumnia, fomentar un malentendido. Opinar mal. Analizar la propia opinión. Encontrarla un día incontestable y garrafalmente errónea al día siguiente. Coger asco a uno. Le costó un golpe de destornillador en un pectoral, y encontró la tarifa muy barata. Echaba de menos a Primi, pero la soledad, en La Moraleja, para él, es que no cabía. A muchos ratos se sentía decididamente bien, y tenía que enmascarar la expresión de alegría porque a ver qué pintaba esa cara radiante en aquel solar lúgubre. Le daba vergüenza estar tan contento entre chavalotes tan desgraciados, y se veía en la tesitura de tener que mudar el gesto para que no le dijeran a ver tú, de qué te ríes, con lo mal que se pasa aquí y tú tan contento. Francisco, donde estaba bien, era en la cárcel.

Hubo ratos decididamente divertidos. Un día los llevaron al salón de actos. Iba a venir un cortometrajista a poner su pieza y a hablar sobre cine. El evento comenzaba a las cinco. Pero al cineasta le dieron mal la hora y, como no se presentaba, pusieron la Primera Cadena en la pantalla, con el proyector de tubos. Justo entonces empezaba una película del oeste con John Wayne, que sedujo al cuerpo recluso. A las cinco y veinticinco apareció el cortometrajista y la de vaqueros se fue al cuerno cuando quitaron la tele para dar paso al acto cultural. El público no podía explicarse tamaña afrenta. Les ofrecieron la inmersión en la trama del oeste, esa diégesis gozosa, para cortársela de cuajo a la media hora. Se montó rumor en platea, se gritó a cabina y preso hubo que se echó a llorar al ver cómo le negaban el único momento entretenido que había pasado durante el último año. Mandaron callar los funcionarios sin resultado significativo y salió el cortometrajista a presentar su cinta. Abrió con su maloliente cuerda de conceptos de alto contenido didáctico:

—El cine es un arte total, ya que aúna literatura, pintura, música, arquitectura y fotografía.

Y un recluso le gritó:

—¡Hijo de puta!

Francisco, que no podía parar de reír, iba descubriendo su ser social: mediante esa parcela en la que cada uno contempla en qué consiste su sentido del humor con el prójimo en danza, y mediante ese minifundio en el que cada quien comprueba o no lo cómica que puede llegar a ser la injusticia. No recordaba haber reaccionado mal el día en el que le galardonaron con un atril atornillado a un trofeo; lo que, en cierto modo, le daba derecho a disfrutar de la algarabía contra el visitante, que ya no decreció. Al del corto le llamaron de todo, como si los presos acabaran de descubrir que penaban porque él los había delatado en masa. A Francisco se le salía el estómago, de tanto batir a carcajadas. Ya lo superaría el del cine. Le vendría hasta bien. Si no era un imbécil, también disfrutaría más de sus triunfos cada vez que recordara lo mal que lo pasó el día en que le tocó torear en el coso de La Moraleja. Restaba una quiebra moral que echaba al traste toda esta composición ética: el hecho de que el preso que lo insultó se fuera de rositas tras su comportamiento deleznable ante un jovenzano ilusionado que no tuvo nada que ver en la interrupción del *western*. Pero entonces, la cascada de reflexiones fluía sola: el que peor lo estaba pasando en toda esta fábula era, precisamente, el preso.

Para mejorar las cosas, en 1986 las cárceles ya empezaban a designarse «centros penitenciarios». Sus autoridades ya iban contratando a asistentes sociales, nueva profesión, y ya apenas nadie metía calzoncillos usados en las marmitas de la cena, porque las empresas de *catering* se comenzaban a ocupar de las minutas de los presos. La prevención de fugas todavía se confiaba al robusto candado, al espino electrificado y al perro matón. Pero se entreveían ya las reformas administrativas y tecnológicas que iban a convertir el barrote en chatarra. Faltaba aún para que amables células fotoeléctricas y límpidos sistemas digitales de control hicieran de los centros lugares menos patéticos, pero ya empezaban a perdonarse días de condena por la participación en actividades culturales.

Como le veían leer («¡Cuánto estudia!»), a Francisco le ofrecieron hacerse cargo de alguna asignatura del programa carcelario de educación para adultos, por el que los internos interesados se sacaban el graduado escolar. Francisco no daba crédito. Iba a convertirse en profesor de Historia, como soñó en sus días inciertos. Comenzó en febrero de 1987, con las consecuencias de la batalla de Trafalgar y el declive de Godoy. Descubrió que apenas sabía nada de la materia, que le faltaba ciencia por todos lados y que su vocación era rematadamente falsa. Porque sólo respondía a las ansias por tratar con sus semejantes. Cosa que hacía ahora durante todo el día y con temas que incumbían a ambas partes mucho más que la desidia de Carlos IV o la Guerra de las Naranjas.

—¿Y los franceses nos pueden invadir otra vez? —preguntaba en clase un alumno al que le suscitó interés lo del 2 de mayo.

—Por mí, que nos invadan cuando les apetezca.

Nada fue tan apasionante, desde luego, como montar la maqueta del tren, a partir del verano del 87. Al taller se apuntaron treinta y siete presos, persuadidos por la idea de que las herramientas disponibles (cuchillas, sierras, limas, etc.) les iban a servir como instrumental de fugas. Luego no era así, y las acababan utilizando para otros fines (construir la maqueta y, sobre todo, autolesionarse). Durante las primeras semanas, a Francisco le preocupó el estado de placidez que le provocaba el olor de la cola de contacto. Dejó de usarla, pero volvió a ella cuando se percató del todo de que tal sensación agradable no tenía nada que ver con la química del adhesivo: sólo era achacable a lo bien que se sentía montando todo aquel paisaje en miniatura, garabateado con rieles y recorrido por obedientes ratoncitos eléctricos. Cuando acabó la maqueta sólo quedaban dieciocho reclusos adscritos al taller. Paradójicamente, los menos motivados. Los otros diecinueve fueron desertando hacia el Taller de Belenes porque, según sus quejas, Francisco no les dejaba tocar nada.

Ya para entonces se tenía el pálpito de que los ochenta acabarían quedando como los años de los placeres.

A Francisco, los hedonismos le llegaron en la cárcel. Allí sació el hambre y la sed, allí hizo sus risas, allí se tendió al sol a que el sol le diera. Los días del cachondeo generalizado a mansalva fueron para él sus días de galeote. Y no por ello resultó el recreo menos rampante, sino todo lo contrario.

Marasmo de paradojas que le llevaba en sus reflexiones a Bernardo García, padre de Primi, y a todo lo que le ocurrió a partir de 1941. Aquel año del desastre, no lo sabía él, era el que inauguraba sus días gloriosos. Y, lo más significativo: de gloriosos no habrían tenido nada de no haberlos puesto en función de los años hambrientos, áridos y punzantes de su adolescencia erizada de desgracias. Quería esto decir que vivir en lo podrido era ventajoso, que el sufrimiento era útil y que el padecimiento era, a efectos prácticos, una bendición del cielo.

José Luis Benavides, director de La Moraleja, y Héctor Mirandola, del Ministerio de Justicia, conocieron a Primi en abril de 1987, durante la cuarta visita que hizo a Francisco. Estaban al tanto de la situación financiera de la pareja, que se filtró durante el juicio. La idea del unto a las autoridades penitenciarias fue de los propios Benavides y Mirandola. Primi no conseguía recordar si la había concebido antes de la propuesta, aunque fuera durante un segundo, pero era muy consciente de que en ningún caso habría sido capaz de reunir la audacia necesaria para siquiera sugerirla.

Ninguno de los funcionarios se anduvo con las macarradas de las ficciones: se lo plantearon a Primi con la claridad expositiva, con la invisible persuasión y con la alegre proximidad con la que se oferta un depósito a plazo fijo en una caja de ahorros. Le ofrecían mermas en los períodos de condena del tamaño de rebanadas de hogaza, y el compromiso de que los aviesos reclusos no llegaran a enterarse nunca de que convivían en las celdas con un magnate de ocasión. Primi desembolsó un par de docenas de millones, que entregaba en bolsas de las rebajas de Galerías Preciados. Benavides y Mirandola se fueron sacando de la manga una ristra de reducciones que dejaron temblando los calendarios. Llegaron con Primi a ese nivel de confianza en el que se planean dos o tres salidas a comer, que nunca llegan a celebrarse pero que dotan de cierta calidez a cualquier relación de trueque.

Francisco tampoco supo nunca de ello. Aceptaba asombrado sus rebajas, pero nunca imaginó que estas eran las de las bolsas de Galerías de Primi. A los cinco meses de ingresar le redujeron la pena a seis años. En verano, a tres. En la Navidad de 1987 le comunicaron que saldría para Santiago Apóstol. Él siempre supuso que las medidas de gracia venían motivadas por las dos actividades ocupacionales que atendió en La Moraleja: las clases de Historia y el Taller de Modelismo Ferroviario. Esta sobre todo, porque lo de los raíles a escala se lo tomó, de verdad, a conciencia. «Lo de los trenes me ha tenido que quitar años a espuertas», se decía.

17

En marzo de 1988, el Ministerio de Justicia fijó para el
uno de agosto el egreso de Francisco. El 31 de julio, Primi hizo su última visita a la penitenciaría. Guapísima,
que enguapa hacer las cosas que se deben hacer, con su
paquete de pasteles, aguardaba a que dieran las cinco de
la tarde sentada en un banco de la sala de espera aneja
al Taller de Modelismo Ferroviario. Estaba sensiblona,
porque las cosas se le estaban poniendo por fin derechas,
y de buena gana se hubiera dado el gustazo de echarse a
moquear allí mismo. Un funcionario de prisiones recién
destinado a La Moraleja pasaba por allí. De muy malas
formas, interpeló a Primi:

—A ver. ¿Usted trabaja aquí?

Si se lo decía en voz alta, le sonaba mal, pero lo cierto era que desde que iba por la calle con el culo bien
cubierto de pasta desplegaba una seguridad en sí misma
que no sentía desde su infancia en África. Eso creía ella.
Que no se daba cuenta de que lo que de verdad le apro-
visionaba de confianza era sentirse tan querida. Con su

desparpajo recién estrenado, soltaba frescas de choteo de las que antes no se atrevía siquiera a componer.

—Según se mire. Fui policía un tiempo. Pero sólo se lo creía mi novio. Hoy vengo de visita.

—¡Tú, que hoy no es día de visitas, so cachonda!

En efecto, no era día de visitas. Pero para entonces, Primi ya había oído las voces y los pasos de Benavides y de Mirandola, que la trataban con tanto afecto y que habían quedado con ella. Fuera de eso, habría soltado igual lo que soltó. Ella pensaba que quizá la seguridad le venía de la mano del dineral. Pero no. «Mucha más confianza da haber mandado al cuerno a los que te tenían que estar cuidando y te estaban toquiteando las coletas», se decía cuando le asaltaban estas dudas. Fuera por lo que fuera, el funcionario se estaba comportando como un bobalán y con eso bastaba. Se abrió un poco la ropa y le contestó:

—Pues qué lástima. Porque venía a visitarte a ti.

El director del Centro y el del Ministerio aparecieron muy sonrientes a través de una puerta de seguridad anexa. Se dirigieron a Primi con toda corrección y con toda amabilidad.

—Pasa, Primi, por favor. Gracias.

Dentro, Francisco la esperaba ansioso, porque poner a rodar todo aquel jolgorio del tren sin ella, a ver qué gracia tenía. Benavides se asomó muy sonriente a la puerta y anunció la visita.

—Francisco, está aquí Primi.

—¡Bien!

Ella entró con sus pasteles. Bordeó asombrada la maqueta, admirándose del trabajo. Veintiocho caballetes de pino servían de soporte a un tablero de 610 x 240 centímetros. La base de tierra había sido fabricada con ciento cinco planchas de poliestireno, tallado y texturado para reproducir rocas y llanuras. El tendido incluía seis circuitos de ancho de vía normal y uno de vía métrica. Un cuadro de mandos de ocho transformadores gobernaba el tránsito de los trenes, el funcionamiento de dos docenas de agujas y el encendido de ciento siete farolas en miniatura. Las cocheras a escala albergaban nueve locomotoras de vapor, tres diésel y cuatro pantográficas, preparadas para componer convoyes con los setenta y seis coches de pasajeros y de mercancías de los que se disponía.

Los del Taller habían fabricado arbolitos en miniatura, estaciones con sus instalaciones, edificios de viviendas y construcciones industriales. Eran los polos urbanos y fabriles en los que vivían y trabajaban las figuritas humanas que habitaban en este trozo de mundo imaginado, con sus coches y sus animales de granja (un interno tufarro se empeñó en poner a dos ovejas follando y Francisco las voló del diorama con ostentación, con ese percutor que se arma con los dedos índice y pulgar). Había túneles, puentes, rasantes y semáforos. Mucha hierba tierna, peñascos ambientados a la aguada, un río con la espuma pintada y una noria con niños de metal, que giraba empujándola con el palo de un polo.

Francisco se deshacía, así venían de picudas sus ganas de echarse a llorar como un crío. Ella se colocó frente al segundo núcleo urbano en importancia demográfica de aquella fantasiosa comarca a escala reducida y allí se detuvo para ver el espectáculo. Los otros presos se sonreían a coro, porque el que no se sonriera parecería muy poco hombre, si es que no le hacía gracia que estos dos fueran a estar hoy un rato dados a lo íntimo. Dieron las cinco en punto.

—¿Preparados? —dijo Francisco mirando a todos—. Uno, dos, y un, dos, tres. Vamos ahora.

Francisco pulsó seis botones y accionó la rueda de gobierno. Todo aquello se puso a funcionar. Primi se acercó al panel de mandos, a la vera de Francisco.

—Hoy la ponemos por primera vez —explicó él—. Hay de todo, y todo marcha de maravilla.

—Te va a dar pena dejar aquí la maqueta —contestó Primi.

—Voy a empezar otra en casa.

—¡La casa! ¡Tengo unas ganas de que la veas! ¡Menuda chabola!

—No te habrás gastao mucho, ¿verdad? —Francisco conservó hasta el final su apego a lo modesto.

—Muchísimo. Barbaridades. Me vas a odiar cuando veas la burrada de casa en la que me vas a querer.

—¿Y tú me vas a querer a mí?

—Todo el día.

—¿Mucho?

—Muchísimo.

—¿Y hasta cuándo?

Francisco y Primi dejaron de ser novios en 1996, cuando la disolución de tantos miedos de adentro les movió a tratar con otras personas. Valentía que el uno le regaló al otro, y el otro al uno. Nunca han dejado de verse, raro es el día en que no hablan, con teléfono o sin él, y hay que comprender los celos terribles de sus actuales parejas, por muy infundados que estos sean. Hace ya lustros que no duermen juntos, pero aquel día de 1988, Primi le contestó a Francisco:

—Hasta que vuelvan a dar las doce en ese reloj.

Y señalaba al absurdo óleo expuesto, inmóvil en su hora eterna. Aquel que algún recluso torturado por el desánimo había pintado para «En-Cárcel-Arte 88» por ver si así los siglos se le pasaban más deprisa. Primi no exageraba. Qué va a exagerar, se quedaba corta.

Madrid, 2010

Sobre los lugares.
Realidades y licencias

Todas las localizaciones de la novela son reales, y funcionaban como tales en 1986. Con las excepciones que abajo se citan.

El bar CoyFer se llama en realidad La Catedral, y se encuentra ubicado en la dirección que se ofrece. Hoy es un local de ambiente paraguayo, pero la papelera que Francisco controlaba sigue allí, frente al bar, adosada a una señal de tráfico. El Alegrías, en la calle Müller, permanece en funcionamiento con muy, muy pocos cambios en su aspecto. El Tembleque y el Reno, la verdad, son bares inventados.

La fachada y el portal del 26 de la calle Santa Valentina, guarida de Francisco, han sido remozados. El inmueble, no obstante, se mantiene en pie. Como la panadería de la calle Veza (cerrada, sin embargo, desde hace años). Tampoco funciona ya la oficina de Correos de Bravo Murillo, pero allí prestaba su servicio en 1986.

El barrio de la Ventilla ha cambiado radicalmente. Ya no da pavor caminar por sus calles, ni de noche ni de día. En 1986 era posible toparse con una tasca sin pavimento, o con otra en cuyo cajón para los posos del café habitaba una colonia de ratones con toda naturalidad. A la sombra de las cuatro torres Petronas de la antigua Ciudad Deportiva, la Ventilla se va revalorizando como área de suelo fértil.

Los billares de la calle Jacometrezo son hoy el pub La Reina Bruja. Su planta alargada sigue recordando a la habitual de los locales de juego, que siempre disponen de una «zona honda» en la que instalar las tragaperras para aquellos que no quieren ser vistos.

El despacho de lotería en el que Francisco selló su boleto ocupaba la esquina derecha, según se miraba de frente, del parking a cielo abierto que niveló en la horizontal la Cuesta de Santo Domingo. Funcionó hasta el derribo del aparcamiento en 2006, y con él desapareció (también La Alicantina, claro).

La delegación comercial de la lotería ya no está en Cea Bermúdez, sino en el extremo norte de la calle Capitán Haya, zona tan replanteada como la propia Ventilla. El edificio antiguo, no obstante, ahí permanece, con su pantalla de estrías metálicas y su particular solución de acceso.

El bar De Prado sigue funcionando, en el tramo corto de la calle Silva. Es un excelente local que mantiene su decoración y que entra dentro de la nómina de establecimientos creados a imagen y semejanza de sus personalísimos dueños. La comida es sabrosa y muy abundante. Abrió sus puertas en 1988, pero un decalaje de apenas meses no podía impedir la localización de parte de la acción en un establecimiento tan maravilloso.

Marisquerías Corinto acaba de evaporarse. Sigue así los pasos del Bazar Mila, de la discoteca Versalles y del glorioso bar Avenida. Que hoy son una tienda de ropa, un bingo y una agencia de viajes, respectivamente. Hace años que la estación de Palos de la Frontera se reconvirtió en centro social municipal. Y nada queda del *scalextric* de Cuatro Caminos.

Los bares Puente Viesgo (ahora La Cafetería) y Cantabria, sin embargo, siguen abiertos. También la histórica tienda de modelismo Casa Reyna, el Museo del Ferrocarril de Delicias, el Café del Norte de Valladolid y el resto de los establecimientos, las iglesias, las marquesinas y las tiendas que se citan.

Hay que decir que el Centro Penitenciario La Moraleja, de Palencia, no se inauguró hasta 1997. Por tanto, Francisco García nunca pudo estar recluido en él. La localización atenta contra la realidad, pero se incluye. Porque es fascinante oír a los palentinos hablar con gravedad compadeciente de un lugar que se llama como uno de los barrios más exclusivos del país.

[A mayo de 2013, el bar Cantabria (Madrid) y el Café del Norte (Valladolid) han cambiado de piel. La Catedral (el CoyFer) está entre que si abre o si cierra. Lo que sí han quitado ha sido la papelera de enfrente. Para que no metan dentro artefactos explosivos, quizá.]

Si *Los millones* hubiera sido una película, el tema principal de su banda sonora habría sido «Lost Lover», de Malcolm Scarpa, que aparece en su volumen *This Time*. Como *Los millones* es una novela, cada lector se pondrá el disco que quiera a la hora de leerla. Su elección siempre será, para cada cual, mucho mejor que la propuesta.